The Corpse Came Back

Amelia Reynolds Long

論創海外ミステリ
Ronso Kaigai MYSTERY
194

死者はふたたび

アメリア・レイノルズ・ロング

友田葉子 訳

論創社

The Corpse Came Back
1949
by Amelia Reynolds Long

目次

主要登場人物

レックス・ダヴェンポート……………………私立探偵
ライリー………………………………………殺人課の警部補
ブルース・トレヴォートン……………………元映画俳優
リンダ・トレヴォートン………………………ブルース・トレヴォートンの妻
リチャード（リック）・トレヴォートン ………ブルース・トレヴォートンの息子
ハーバート・ウェンドール……………………トレヴォートン家の執事
アンガス・キンケイド…………………………医師。トレヴォート家の隣人
エメット・ラムジー……………………………ブルース・トレヴォートンの代役俳優
キャサリン（ケイティ）・ジェンキンス ………〈クレイモア・ホテル〉のウエイトレス
ジェンキンス牧師………………………………ケイティの祖父

死者はふたたび

この物語はフィクションであり、登場人物・名称等は架空のものである。

第一章

事の始まりは、詐欺目的のなりすましという単純な事件だった。

顔が老け、ドル箱スターの地位を保てなくなって二年ほど前に引退するまで、映画界の色男として名を上げていたブルース・トレヴォートンが、サウス山脈のローレル湖にある別荘で溺死体で発見された。遺体が上がった時点では別荘には誰もいなかったのだが、事故が起きたとき実は彼には連れがあり、しかもその人物は男友達ではなかったという噂が流れていた。しかし、遺体は水着をつけていて、他殺をにおわせる要素はなかったため、特に問題視されることはなかった。そして検死陪審が不慮の事故死と判断を下してから六週間後、未亡人となった妻、リンダ・トレヴォートンが、ダヴェンポート探偵事務所に電話をかけてきた。死亡したはずの夫を名乗る人物が現れたというのである。直ちに私に調査を開始してほしい、それもできるだけ秘密裏に進めてほしいとの依頼だった。

さほど難しい仕事ではなさそうだった。確かに、引き上げられるまで長時間湖に浸かっていた遺体はすっかりその姿を変え、全盛期には亡きジョン・バリモアと並び称されたほどの容姿が見る影もなかったことは想像に難くない。とはいえ、トレヴォートンだと身元確認されたのだから、そこまでひどい状態ではなかったはずだ。それでもリンダとしては、いきなり現れた男が夫なのかどうか確かめないわけにはいかないのだろう。その男がペテン師だと証明するのはたやすい作業に思われた。それに、ブルース・トレヴォートンの私生活に関する噂の半分でも本当だとすれば、おそらく妻は喜んで私に協力してくれるに違いない。

そうして、事件は始まったのだった……。

リンダが長距離電話をかけてきたのは、午前十時頃だった。午後一時すぎ、私はウェインウッドで列車を降りた。ブルースの引退以来、夫妻が居を構えている地だ。リンダが言っていた迎えの車というやつを探して、辺りを見まわした。

目に入ったのは、料金がもらえるかどうかなど気にもしないような運転手がハンドルを握る、おんぼろのタクシー一台だけだった。仕方なく、列車の切符売場と待合室を兼ねた石造りの建物に戻り、公衆電話を使った。

イギリス人の執事と思《おぼ》しき、いやに上品ぶった声が電話に出た。

「レックス・ダヴェンポートです」と、私は名乗った。「トレヴォートン夫人と話したいのですが」

「少々お待ちください、ダヴェンポートさん」私の名を口にした言い方から、こちらのことはすっかり承知しているようだ。「奥様にお伝えしてまいりますので」

私は丸めた左肩と顎のあいだに受話器を挟み、電話ボックスの壁に寄りかかって待った。少しして、再び向こうの受話器が上がり、今朝話した女性の声が聞こえた。キャンドルを灯したディナーや、セクシーな名前の香水が思い浮かぶような声だ。

「ダヴェンポートさん?」心なしか息切れしているように聞こえる。数時間前に受けたショックのせいなのか、もともとそういう喋り方なのか、判断がつきかねた。「駅からお電話なさっているんですね?」と言ったかと思うと、私に答える暇《いとま》を与えずに、「迎えの車が行かなかった理由を説明しなければなりませんわね。実は、計画に少々変更がありましたの」と続けた。

「ほう?」と言って、相手の言葉を待った。

「うちにいらしていただくつもりだったんですが、急きょクレイモア・ホテルに部屋をお取りしました。理由は二つあります。どうしても、あなたを雇ったことを義理の息子に知られたくないのが一つ。それに、ホテルに泊まっていただいたほうが、彼の近くにいられるので」

「それはかまいませんがね、彼ってのは誰なんです?」

返事をするのに二、三秒間《ま》があき、聞き取れないくらい小さな声で言った。「夫を名乗る男性のことです」

「なるほど」とは言ったものの、さっぱりわからなかった。ブルース・トレヴォートンを名乗るその男が本物なら、ホテルなんぞで何をしているのだ? もし本人でないのなら、リンダはなぜ私立探偵を必要としているのだろう。

「いつお目にかかれますか、トレヴォートンさん」電話の向こうで黙り込んだ相手に向かって尋ねた。

「今晩にも」あらかじめ用意していたかのように、すぐさま答えが返ってきた。「リチャードが、義理の息子ですけど、夕方には出かけるはずなので。万が一、出かけなかったときにはホテルにお電話します。どこかよそでお会いすることにいたしましょう」

「了解しました」と応えると、電話が切れた。

私は受話器を置き、ボックスを出た。いったいどういうことだろう。息子に内緒というのがどうにも解せない。リンダにやましいことがないのなら、息子が私のことを知っていようがいまいが、問題はないはずだ。ひょっとして、私を家に来させないようあれこれと並べたてた理由はでたらめで、本当はほかに訳があるのではないかという気がしてきた。

タクシーに乗り、どうにかホテルまで無事に到着した。車が途中で壊れなかったことに、私はもちろん運転手も目を見張っていた。〈クレイモア・ホテル〉のロビーは、ホテルの大きさのわりに、やたらと大理石や高価な羽目板が使われていた。他人の金で部屋を取ってもらって助かった。

新聞を読んでいるフロント係に歩み寄る。

「ダヴェンポートだ。予約されているはずだが」

フロント係は新聞を脇へ押しやり、取り澄ました態度を繕おうとしたが、うまくいかなかった。

「ああ、はい、ダヴェンポート様ですね。トレヴォートン夫人から先ほどお電話でご予約いただいております。こちらにご記帳をお願いします」と言って、宿泊者名簿を差し出した。

名前を書くため屈み込みながら、リンダ・トレヴォートンが私との関わりを秘密にしておきたいのだとすれば、自ら部屋を予約したのはまずかったんじゃないか、と思った。フロント係という連中は、他人にペラペラ喋ってしまう悪い癖がある。ウェインウッドのような小さな町ならなおさらだ。

そのとき、記帳しようとしたページにあった別の名前に目が留まり、トレヴォートン夫人のことも、その判断のまずさも一瞬で忘れてしまった。そこには「ブルース・トレヴォートン」と書かれていたのだ。

その名前を実際に目にするまで、問題の人物は偽名を使っているものと、なんとなく思い込んでいた。そうしなかったということは、二つ理由が考えられる。彼がまさにブルース・トレヴォートン本人であるか、さもなくば、うまく騙しとおせると信じきっているかだ。

驚きの気持ちをのみ込み、私のかばんを手に取った少年のあとについて行った。荷物係の少年は二階の部屋へ案内すると、私が渡した二十五セント硬貨を、いつもはもっともらえるのにと言いたげな顔で見やり、叩きつけるようにドアを閉めていなくなった。

案内の少年がベッドの足元に置いていったかばんはそのままにして、町を一周りすることにした。といっても、たいして見るものはない。旧市街は目を引くほど昔の雰囲気をたたえているわけではなく、新しいエリアは、急速に金儲けに走ったあげく行き詰まってしまった感がある。リンダから連絡が来そうな時間まで映画でも見て時間を潰そうと思ったが、町でたった一軒の映画館で上演していたのは、以前観たことのある作品だった。仕方なくホテルに戻り、ふらりとバーに入った。

ロビーの雰囲気から予想したとおり、バー内部には真鍮やマホガニーやクリスタルがこれでもかというほど使われていた。午後二時半、店内には、私に背を向けてバーテンダーと話し込んでいる客が一人いるだけだった。

　私もカウンターへ行き、ウイスキーサワーを注文した。バーテンダーは注文に応えたあと、せっせとグラスを拭き始めた。何か居心地の悪いことがあるときにバーテンダーがきまってする行為だ。この男は、何を気にしているのだろうか。
　一、二秒して、カウンターの向こう端にいる男が私に視線を注いでいることに気がつき、鏡越しに見返した。せいぜい三十くらいのわりと若い男だが、やたら野暮ったいのがかえって目を引く。背が高く痩せていて馬面をしており、真一文字に横に裂けた口は、まるで頬を切られたように見える。真っ黒な瞳は、焼けた火かき棒を頭部に突っ込まれたかのような印象を与えていた。私を見つめていることを隠そうともせず、それどころか、こちらに気づかれてもかまわない、という態度だった。
　私は相手のほうを向いた。

「さて、吟味の結果、私の評価はどんな按配《あんばい》かな？　それとも、判定を下す前に歯もチェックするかい？」

　男は顔の右半分だけでにやりとしてみせた。左半分は無表情のままだ。

「あんたが、リンダが雇ったっていうプライベート・アイか」と、唇をほとんど動かさずに言う。

「名刺は私立探偵《プライベート・インベスティゲイター》となってるがね」相手の口調と視線にやや苛立ちを覚え、私は言った。

「プライベート・アイなんて言葉を使うのは、犯罪者か探偵小説作家くらいだ」

相手の顔に笑みが広がったが、やはり片側だけだった。そのとき、ようやく理由がわかった。仕方のないことだったのだ。もう片方は麻痺《まひ》しているのだ。

「こっちへ来ないか」と、男は小さなテーブルの一つを見やった。私は半分空になったグラスを手に、彼に従った。

「リック・トレヴォートンだ」と、相手が名乗った。

「ブルース・トレヴォートンの息子の？」

リックは、私の顔から視線を外さずに頷いた。

「さっそく執事が告げ口したんだな」

この言葉に相手は面食らったようだ。「なぜわかった」と、思わず口を滑らせた。

「簡単なことさ。継母が君に話すはずはない。君に私を雇ったことを知られたくないんだからな。フロント係は、私の名前は知っていても職業まではわからない。それを教えられるのはただ一人、執事だけだ。一時間ちょっと前にお宅に電話したとき、執事はすべて承知している様子だった。そこで執事が何をしたか――おおかた、電話を盗み聞きして、あとで君に報告したんじゃないのか」

「なかなか、やるな」リックは直接それには答えず、ただ頷いてみせた。「レックス・ダヴェンポートだろ？　レックスってのは、レジナルドの略か」

「ずいぶんと事細かに知りたいようだな」

リックは、私のグラスにお代わりを注ぐようバーテンダーに合図した。

「私立探偵には見えないな。なんで、この商売を始めたんだい？」

「自制心のなさってやつかな。子供の頃から、ずっと探偵になりたいと思っていた。大人になってもそれが忘れられずに、実際になっちまったのさ」二杯目を飲み干し、私は答えた。「こっちも訊きたいことがある。ブルース・トレヴォートンの名でこのホテルに泊まっている男を、父親だと思うかい？」

「まだ会ってないから、なんとも言えない。たとえ顔を合わせたとしても、俺は判断する立場にはないよ」

「どういう意味だ」

「十年前に父がリンダと結婚してから、ほとんど会っていないんだ。大学に入学して、そのあとは戦争に行ったからな――それで、こんなことになっちまった」リックは麻痺した、長くて細い顔の左半分を指した。「終戦後もドイツの占領軍にとどまっていて、戻ってきたのは事件が起きたあとのことだ」

「君の父親が溺死した件のことか」

　リックは頷き、私のグラスに注ぎ足そうとボトルに手を伸ばした。が、私はその手首をつかんだ。

「おい、やめておけ。だいいち、誰かを酔わせたかったら自分も一緒に飲むもんだ。それに私は自分が飲める限界を承知している。誰がおごってくれようとも、それ以上は絶対に飲まん。だから、くだらない駆け引きはやめにして正直なところを話すんだ」

リックは私の顔を見て肩をすくめ、ボトルを置いた。

「いいだろう、ダヴェンポート。あんたに会いに来たんだからな。正直に話すよ。俺は、なぜリンダがあんたを雇ったのかを知りたいんだ。ブルース・トレヴォートンを名乗る男がペテン師なのかそうじゃないかを突き止めるためか」

一分前には、その答えを知っているつもりでいたのだが、あらためて訊かれると急に自信がなくなった。

「そいつはわからん」と、私は答えた。「彼女に会って話してみないことには、私にも判断できない」

リックは驚いた顔をした。「今日の午後会ったんじゃないのか」

「いや。なぜ、そう思った」

リックは、長く骨ばった指でもてあそんでいた空になりかけたグラスに視線を落とし、顔をしかめた。「午後、あんたから電話があったすぐあと、リンダが誰かに会いに出かけたんだが、相手はキンケイド医師じゃなかったんだ」

「キンケイド医師というのは？」

「昔から家族ぐるみの付き合いがある人物さ。というより、リンダの知り合いと言ったほうがいいだろうな」まるで、その医師が夫妻と三角関係にあるかのような言い方だった。わざとそう聞こえるようにしたのか、それとも思わずそうなってしまったのか。

「なあ」と、私は問いかけた。「この件に関して、君と継母は、なぜ反対の立場を取っているんだ」

リックの表情に、とっさに警戒感が走ったのが見て取れた。

「どうしてそう思う？」

「君たち二人の言動を見ていればわかるさ。トレヴォートン夫人と電話で話したとき、私を雇ったことを君に知られたくないと言っていた。それに、君のほうはたった今、私を酔わせて継母が何を話したのかを聞き出そうとしたしな」

少しのあいだリックは黙って、黒い瞳で今一度私をじっくり検分した。そうして、ようやく口を開いたその声は冷ややかで憎悪に満ちていて、私は思わず鳥肌が立ちそうになった。

「あんたの言うとおりだ。俺たちは対立している。十年前、彼女がハリウッドで一向にぱっとしなかったキャリアを花開かせるために父と結婚して以来、ずっとそうだ。さっき、ブルース・トレヴォートンを名乗る男が父かどうかわからないと言ったが、それは本当だ。俺は知らない。だがな、これだけは言える。もしリンダが、そいつが父でないことを証明するためにあんたを雇ったのだとしたら、俺は反対の立場に立って、裁判で本物だときっぱり証言してやる。逆でも同じだ」

「なぜ、そんなことをする」

「そうすりゃ、リンダの本当の魂胆がわかるだろう」と、リックは答えた。「何を企んでるのか知らないが、思いどおりにさせはしない。だから、彼女の片棒を担ぐ前に、どちらに分があるかよく考えることだぜ、ダヴェンポート。下手をすると殺人事件になるかもしれないんだからな」

第二章

その晩、〈クレイモア・ホテル〉のダイニングで夕食を摂る際、ウエイトレスに頼んで入り口に近いテーブルに案内してもらった。そこからだと、入ってくる客を見張ることができる。ブルース・トレヴォートンの名でチェックインした男を見分けられるかどうか確かめたかったのだ。容易にわかるはずだという気はしていた。トレヴォートンの映画は何本も観ているから、あの鉤《かぎ》鼻や高慢な態度を見逃すとは思えない。そこそこ似せていたとしても、本物かどうか見極める自信はあった。

実際、それは簡単だった。まだスープを飲み終えてもいないときに、その男が入ってきたのが見えたのだ。鉤鼻も高慢な態度も、そのままだ。ただ、熱いタオルを当ててフェイシャル・マッサージを受けたばかりのようなのに、老境に差しかかった痕跡は隠せなかった。両耳の上の黒髪に白髪が交じっているからだけではない。顎の下に覗く喉の筋肉が垂れ下がり、目の下には、やがてそのままたるみになるであろう深いくぼみがある。二年前に読んだハリウッドのゴシップ記事を思い出した。ブルース・トレヴォートンは、それまで演じてきた恋愛映画の主役を諦めるより俳優業から完全に引退することを選んだ、というものだった。つまり、クビになる前に自分から辞めたというわけだ。

彼は左右に一度も目をやることなく真っすぐ窓際のテーブルに向かい、自分の予約席だとでもいうように腰を下ろした。ほかのテーブル席にいる三、四人が、どこかで見た気がする、といった顔で物見高い視線を向けているのだが、本人はその視線に気づいていないか、さもなくば気づかないふりをしていた。

私の注文を取ったウエイトレスが、彼のオーダーを取りに行った。大柄できりっとした顔立ちの、自分を見せる振る舞い方を心得た女の子だ。スープを彼のテーブルに持っていったとき、ウエイトレスがそっとメモを手渡すのが見えた。彼は受け取りたくなさそうだったが、ウエイトレスが無理やり押しつけた。私は興味を引かれた。

空になったスープ皿を取りに来た彼女に話しかけてみた。

「窓際に座っている、背の高い見栄えのする殿方は誰だい？」

ウエイトレスは、彼のほうを見ようともしない。

「映画俳優のブルース・トレヴォートンよ。この町に住んでるの」

私は驚いたふりをした。「ブルース・トレヴォートンは死んだと思っていたんだが。五月の初めに、溺れたかなにかしたんじゃなかったかな」

ウエイトレスは片方の肩をすくめた。「そうだったんだけどね。どうやら何かの間違いだったみたいよ」

「ここに長く住んでるのかい？」

「知らないわ。会ったのは初めてですもの」

初めて会ったという言葉をできれば信じたかったが、彼の滞在を知らなかったというのはやはり嘘だと思う。すっと手渡したあのメモは、どうにも用意がよすぎる。

「たった今、スープを運んだときにメモを渡すのを見たぜ」と、私は言った。「知り合いなのか」

一瞬うろたえた様子を見せたものの、ウエイトレスはひるまなかった。

「ああ、あれね」頭をつんと反らして言った。「サインをお願いしただけよ」

「で、もらえたのかい?」

「いいえ」ウエイトレスはスープ皿を手に取って立ち去った。

数分後、残りの料理を持ってきた彼女に、私は尋ねた。

「お姉さん、名前は何ていうの?」

「ケイティよ。それに、私はあなたのお姉さんじゃないわ」

「そいつはよかった」と、にっと笑ってみせたが、どういう意味合いかは悟られなかっただろう。

「ここが終わったあと、夜はどうするんだい?」

ウエイトレスはまた頭を反らし、さらにそれに合わせて腰を振った。

「言っときますけど、ここで働いているからってルームサービスまではやってないのよ。ナンパなら、ほかでやってちょうだい」

そう言いながらも、その腰の動きから察するに、もう一度訊いたら答えは変わってくるかもしれないと思われた。

が、私はそこでやめておいた。万が一、ブルース・トレヴォートンについて尋ねたことを彼女が不審に思い始めたとき、動揺が顔に出るのを懸念したのもあるが、リンダからの電話が来ることになっていたからだ。

ダイニングを出てホテルのロビーに差しかかると、ベルボーイが近づいてきた。

「お電話です、ダヴェンポートさん。あそこの電話室でお話しできます」

ベルボーイの少年に二十五セント硬貨を握らせ、電話室に入った。思ったとおり、それはリンダからだった。

「お待たせして申し訳ありません、ダヴェンポートさん」前の電話で話したときと比べると息切れした感じは薄れていたが、声から感じられる別の何かが私の神経に引っかかった。どこかよそよそしい気がする。どうも嫌な予感がした。

「いいんですよ、トレヴォートンさん」と、私は言った。「待っているあいだに、興味深い人たちと会えましたしね」

電話の向こうで、はっと息をのんだか、あるいは思わず吐き出したような音が聞こえ、おそらく誰に会ったのか訊かれるのだろうと思ったのだが、リンダはそれ以上追究しなかった。

「今から家へ来てくだされば」と、彼女は続けた。「短時間ですけどお目にかかれると思いますわ」

すぐに行く、と伝えた。私に道順を説明し、リンダは電話を切った。

トレヴォートン家は、アメリカン・チューダー様式の豪邸だった。もう少し切妻や角が少なければ、もっと見栄えがしただろう。実際には少々ごてごてしすぎる感があった。

駅から電話したときに話した執事が、私を招き入れた。唇が薄く、両目はやや寄り気味だ。「奥様は客間でお待ちです、ダヴェンポートさん」と言いながら、私の帽子を受け取った。「こちらへどうぞ」

案内された部屋はハリウッド映画のセットのようだった。白とグレーで統一され、グレーのサテンウッド材の家具に、炎のような赤みがかった橙色のカーテンや装飾品が色を添えている。立ち上がって私に挨拶した女性の背景としては完璧だった。

リンダ・トレヴォートンは三十歳前後のはずだが、二十代にしか見えなかった。さほど長身ではないが、頭上高く巻き上げられた金髪のせいで、実際よりも背が高く見える。表情豊かな優美な目鼻立ち、透き通ったきめ細かな肌をしている。握手をしに近づいてきたとき、わずかに塗った薄いピンクの口紅以外は化粧をしていない代わりに、電話で話した際にイメージしたとおりのセクシーな名の香水が匂った。握ったその手は、思いの外冷たかった。

「どうぞおかけになって、ダヴェンポートさん」そう私に勧め、自分は背もたれの高いアン女王朝様式の椅子に座った。私は向かいの椅子に腰を下ろした。

執事が部屋をあとにし、用事のないときにいつも控えている場所まで戻る時間を見計らって、リンダは私を見ずに話しだした。

「ダヴェンポートさん、どうお話ししてもあまりに愚かだと思われそうで心苦しいんですけど、単刀直入に申し上げますわ。今朝、事務所にお電話を差し上げたときは、気が立っていたんですの。あの段階では夫だと名乗る人とまだ顔を合わせていなくて、クレイモア・ホテルのベルボーイに託されたメモを見ただけだったものですから。でも、あれから会って二人で話したんです」

「それで……？」言いよどんでいる彼女を促す。

「あの人は、確かに夫です」

思わず、あんぐりと口が開きそうになった。

「でも」やっとのことで、呟くように言った。「二カ月ほど前、あなた自身がはっきりとご主人の遺体を確認されたはずでは」

「いいえ。遺体は一度も見ていません。発見されたときには二週間以上湖に浸かった状態でしたから、見ないほうがいいと言われて。身元確認をしたのは義理の息子のリチャードです」

それは、少なくとも私にとっては新たな展開だった。

「でも、リチャードがどうやって父親の遺体を特定できたっていうんです？　確か、当時ヨーロッパへ従軍していましたよね」

「事故が起きたときはヨーロッパにおりましたけど、遺体が発見される数日前に戻ってきたんです」そして私の質問の意味に、はたと気づいたのか、こう言った。「どうしてご存じですの？その……リチャードがヨーロッパに行っていたことを」

「今日の午後、クレイモア・ホテルで彼が話しかけてきましてね」

これにはリンダもかなり動揺したようだった。この部屋へ入って初めて、こちらの目を真っすぐに見た。濃いブルーの瞳に、誠実で率直そうな雰囲気をたたえている。だが、なにしろハリウッドで何年も女優をやってきた女性だ、どこまで信用していいのかわからない。

「何て言ってました？」と、彼女は尋ねた。

訊かれる直前、私は素早く頭を整理していた。リック・トレヴォートンは、継母が午後、私の電話を受けてすぐに出かけたと言っていた。おそらく夫を名乗る男と会ったに違いない。彼がリンダにあらためて連絡してきたか、私に連絡したあとでリンダのほうからホテルにいる男に電話をして会うことにしたのだろう。そして私が駅から電話すると、その件については触れずに適当な言い訳をでっち上げて私との面会を遅らせ、彼と会う時間をつくったというわけだ。やり口が気に入らないので、さらに追い打ちをかけて揺さぶり、どう反応するか見てみることにした。

「それがですね、もしあなたが例の男を夫だと認めた場合、この件を裁判に持ち込んで、偽者だと証言すると言うんです」

一分ほどリンダは黙り込んだ。身動きもせずに座ったまま、私に心の中を読まれまいとするかのように半分目を閉じている。

「つまり、それほど私のことを嫌っているということね」ようやく口を開き、ぽつりと呟いた。そして再び目を見開いたが、今度は私のほうを見ようとはしなかった。

「リチャードは何につけても、自分が間違っていると認めるのが嫌な人なんです」と言って、神経質な笑い声をたてた。「でも、父親が直接話せば考えが変わると思うわ」

「ご主人は今どこに？」

「二、三日、ホテルに滞在しています。帰宅する前に、いくつかやっておきたいことがあるらしくて」湾曲した肘掛けに置いた両手が落ち着きなく動く。「ダヴェンポートさん、本当に申し訳なく思っています。わざわざこんなところまで無駄足を踏ませてしまったんですものね。とにかく、動揺のあまり気が立っていて、慌てて愚かな行動を取ってしまったとしか弁解のしようがありません。請求書をお送りくだされば……」

リンダは不意に立ち上がり、面会が終わったことを示した。

それに合わせて、こちらも立ち上がった。私はすっかり頭にきていた。着手しないうちから事件を外されたということもあるが、それよりも、真実の大きな部分がないがしろにされている気がしたからだ。

「交通費の請求書はお送りしますがね」と、私は言った。「具体的に何もしていないんですから、それ以外、請求するものはありません」

くるりと背を向け、立ったままの彼女を残して部屋を出た。

私の帽子を手にした執事が廊下で待っていた。帽子を受け取り、かぶりかけてふと手を止めた。「今度リチャードさんに会ったらな、名執事さん」相手の目を真っすぐに見て言った。「私に真相を知られはしないかなんて、もう心配する必要はないと伝えてくれ。たった今、クビになったんでね」

「かしこまりました」表情を変えずに応えると、執事は私のために玄関のドアを開けた。

私はトレヴォートン家をあとにした。

第三章

振り返らず、こわばった足取りで私道を歩くあいだ、背後の家の中からこちらを見つめる視線を感じていた。家の前の歩道で向きを変えたとき、大きな木の陰から一人の男が現れて私の行く手に立ちはだかった。

足を止めた私は、てっきりブルース・トレヴォートンだと思ったのだが、違っていた。トレヴォートンより長身で肩幅も広く、額に前髪がかかっている様子は、洒落者のトレヴォートンが見たらあきれるだろう。何者で何の用かを尋ねるより早く、相手が声をかけてきた。

「おせっかいな隣人で申し訳ない」と話し始めた声には、微かにスコットランド訛りがあった。「君は、死んだ夫を騙《かた》る詐欺師の調査のためにトレヴォートン夫人が雇い入れた私立探偵ではないかね」

「正確には、だった、です」関係者かどうかわからなかったが、私は答えた。「たった今、お払い箱になったところでしてね」

「彼女が君をクビにしただと?」男は心底驚いたようだった。そして「私は医師アンガス・キンケイドだ」と名乗り、その名に心当たりがないか私の顔色をうかがっていた。

心当たりは大ありだった。

「昔から家族ぐるみの付き合いをしているという方ですよね」リックから聞いた話を思い出して言った。

「そうか、彼女が私のことを話したんだな！」キンケイドはうれしそうな声を上げた。

とりあえず、そう思わせておくことにした。

「ちょっと、うちに寄ってもらえないかね。少々話したいことがあるんだ」

どうせ、こっちに失うものはない。

彼に連れられ、隣家の中に入った。トレヴォートン家よりだいぶこぢんまりしているが、決して小さくはない。悠々自適の暮らしができ、流行よりも居心地のよさを優先する人の家という印象だ。

案内された小部屋は、どうやら書斎らしかった。使い込んでややへたった安楽椅子が二脚に、書類や雑誌が雑然と載った平机、それに書棚が置かれている。この季節には使われていない石造りの暖炉――今は、七月上旬だ――が、片側の壁の大部分を占めていた。

中国製の壺《つぼ》型のランプが机の上に灯っており、その明かりで、先ほどより医師の顔がよく見えた。大柄な男で手足は少々長め、黒い髪はブルース・トレヴォートンと同様こめかみのあたりが白くなりかけているが、こちらのほうが十歳くらい若いようだ。トレヴォートンが五十くらいだから、四十前後といったところか。アザラシのような茶色の目に、大きな口。小鼻から口角にかけて深い皺《しわ》が刻まれている。

「座ってくれたまえ、ダヴェンポート君」と言って安楽椅子を勧め、自分ももう片方に体を沈めた。

言われたとおり腰を下ろす。

「なぜ私の名を？　それを言うなら、そもそも、どうして私のことをご存じなんですか」

「トレヴォートン夫人が電話帳で君を探し当てたとき、私はその場にいたんだよ。例の男からのメモを受け取った彼女は、すぐに私に電話をくれてね」キンケイド医師は椅子の背に体を預け、長い脚を投げ出した。「そこで教えてほしいんだが、なぜ彼女は意見を翻し、君がここへ到着したばかりだというのに、いきなり解雇するようなまねをしたんだろう」

「正真正銘、自分の夫だと確信したと言ってました」と、私は答えた。

中国製ランプの明かりは顔まで届かず、表情はよくわからなかったが、ゆっくりと頭を左右に振るのは見えた。

「それはまずいな。だって、絶対に違うんだから」

「どうして断言できるんです？」

「そいつの正体に、だいたい見当がついているからさ」

思わず身を乗り出し、耳に神経を集中させた。

「誰ですか」

キンケイドは座り直すよう私を手で制した。

「まあ、そう慌てるな。それを話す前に、まずは君の了解を得たい。もはやリンダは雇い主ではないのだから、私のために働いてもらえるよな？」

「つまり、ブルース・トレヴォートンを名乗る男の調査をこのまま続けろと？」キンケイドがリンダ・トレヴォートンをファースト・ネームで呼んだのを聞き逃さなかったが、気づかなかったふりをした。

「そのとおりだ」

「料金を払っていただけるなら、誰のためだろうと喜んで仕事をしますよ」と、私は答えた。

「それで、調査費はいくらになる？」

「日当二十五ドルに加えて、必要経費をいただきます」

相手は少々高すぎると思ったようだったが、それでも札入れを取り出し、五ドル札五枚を数えてこちらに手渡した。

「これで、明日のこの時間まではいけるな。そのあとは、二日分ずつ前払いする。それとも、調査終了後に請求書を送ってもらうほうがいいかな？」

私は後者のほうがいいと答え、二十五ドル分の領収書を書いた。

「じゃあ、そういうことで」と、キンケイドも同意し、札入れに領収書を入れ、元に戻した。

「さて、あらためてビジネスの話をしようか」

そう言ったくせに、キンケイドはすぐには本題に入らなかった。まず暖炉へ行き、マントルピースに置いていた、直火で焼いたかのように火皿の片側が黒くなった、柄の湾曲したパイプを手に取った。

「人間、煙草を吸っているときのほうが思考が深まり、口も滑らかになるものだ」と言ってズボンのポケットから膨らんだ刻み煙草入れを取り出し、パイプに煙草を詰めた。「それに、話に耳を傾けやすくなる」机に置かれた葉巻ケースを顎で指し示す。「どうぞご自由に」

一本取ってライターで火をつける私の傍らで、キンケイドはマッチを擦り、火皿に炎が回るまでパイプを吸い込んだ。満足すると、彼は口を開いた。

「さてと、ダヴェンポート君。私の知っていること、正確には、私がそうだと信じていることをお話ししよう。ブルース・トレヴォートンがハリウッドにいたとき、彼にはエメット・ラムジーという代役がいた。今、ここでトレヴォートンのふりをしているのは、そのラムジーだと思う」

私は、肩透かしを食わされた気分になった。

「しかし、替え玉を務めるからといって、その俳優と瓜二つである必要はないでしょう。背格好が同じくらいで、遠くから見て当の俳優のように見えればいいんですよね。カメラに背を向けているシーンも多いはずでしょうし」

「そのとおりだ。だが、エメット・ラムジーはそこらの代役とは違っていてね、トレヴォートンに生き写しなんだよ。あまりにそっくりなものだから、映画の中だけでなくプライベートの旅行でもラムジーを替え玉に使うことがあった。それでも誰も気づかない。しまいには、トレヴォートンのサインまで真似るようになって、サイン・マニアたちが――」

「ちょっと待ってください」と、私は遮った。「映画ファンをごまかすことができたとしても、トレヴォートン夫人はどうなんです？　自分の夫かどうか、わからないわけないでしょう」

「そりゃあ、わかるだろうさ」キンケイドは苛立たしげに言った。「実際、彼女はわかっているはずだ。でも、だからといって、その男を夫だと信じるふりができないことにはならない」

「なぜ、そんなことをするんですか」

キンケイドは数秒間パイプを吸い込み、おもむろに口を開いた。

「トレヴォートンが溺死する半年くらい前から、やつはある女性と関係を持っていた――この町の女だ。トレヴォートンの遺言書を開封したら、広大な屋敷をその女性に相続させ、妻には法で定められた最低限の取り分である三分の一の動産しか遺さず、息子に至っては、五〇〇ドルのはした金以外、一切の相続がないことがわかった。この遺言書を無効にできる手だてがないか、リンダもリックもそれぞれ弁護士に相談したことを私は偶然知ったんだが、二人とも、見込みはないと言われたらしい。遺言書は正式に作成されたもので、不当性は証明されなかったんだ。だから、きっと最後の手段として、どちらかがラムジーに頼んで替え玉を演じに来てもらい、遺体確認は誤りで実はトレヴォートンは生きている、と見せかけようとしたのだと思う」

しばらく考えたが、どの角度から吟味しても、しっくりこない感じがした。

「あなたの推理はなかなか興味深い」私は言った。「いい線をいっているとは思いますが、トレヴォートン夫人がこの男を夫だと認める別の理由は考えられませんかね」

キンケイドは口からパイプを離し、私の顔を怪訝そうに見た。

「どういうことだ」

「では、説明しましょう。第一に、もしラムジーという男を寄越したのがリックだったとしたら、夫人が片棒を担ぐのは変だ。彼女はそのことを知らないでしょうからね。リックは継母をひどく嫌っていて、そんな大事な秘密を彼女に話すはずがない。第二に、夫人がラムジーを呼んだのだとすれば、彼の調査を私に依頼するとは思えません。それに、呼んだのが夫人だとあなたが思っていたのなら、彼の正体を暴くために私を雇い入れて、彼女を裏切るようなまねはしないでしょう。つまり、あなたの推理はどれも成立しないことになります」

キンケイドは、小鼻から唇にかけて走る皺を人差し指の先でこすりながら、「そんなふうには考えていなかったな」と、素直に認めた。

「いいでしょう。では、少しだけそういうふうに考えてみてください。見るべきものをきちんと見れば、夫人が急に心変わりした理由がわかるはずです」

「ほかに理由など思いつかない」と、キンケイドは頑固に言い張った。

「だったら、私が言いましょう。それは、そうせざるを得ないほど彼女が怯えているからですよ。問題なのは、トレヴォートンの影武者が、なりすましの芝居への協力を承諾させるほどに夫人を恐怖に陥れるどんな材料を持っているのかってことだ」

キンケイドが、ようやく折れた。

「君の言うとおりだ。リンダは何かを恐れている。だが、私にはそれが何なのかわからない。今朝、例のメモを受け取り、見せたいからと私が呼ばれたときには、私立探偵に頼んでペテン師の正体を暴くべきだという私の提案に全面的に賛成していたんだ。だが、その二時間後には再び電話してきて、例の男からたった今連絡があり、会って話すことにしたと言う。私も同行しようと言ったんだが、自分一人のほうがいいと思う、と断られた。その代わり、帰ったらすぐに話の内容を知らせると約束してくれた。

　ところが、約束は守られなかった。リンダが車で戻ってきて自宅に入るのを見かけて一時間近く待ったんだが、一向に電話がないので、こちらからかけてみた。だが、彼女とトレヴォートンがハリウッドから連れてきた、あの口先ばかりうまい執事が出てきて、奥様は頭痛で横になっておられ、どなたともお話しになれません、と言われた。それを聞いてどうも何かおかしいと感じてね。だから今晩、君が家から出てくるのを待ち伏せていたというわけだ」

　キンケイドの話はすんなり受け入れられた。これまでに私が知っている内容と合致していたからだ。

「で、私に何をしろと？」

「あの男が、本当にエメット・ラムジーだという証拠を見つけてほしい。証拠が見つかったら、本人に直接それを突きつけてくれ。誰に雇われたかは言わずに、ただしリンダと違って簡単に牛耳れる相手ではない点だけははっきりしておいてもらいたい。警察がやつに関心を寄せていると思い込ませることができれば、なおさら結構だ。自分の身が危ないとなれば、きっと、さっさと退散するだろう」

「あの男がどんなネタで夫人を脅しているのか、突き止めなくてもいいとおっしゃるんですね」

「ああ」キンケイドはきっぱり言った。「ネタが何であろうと、それは彼女の問題だ。本人が明かしてくれないかぎり、私には詮索する権利も、君にほじくり返させる権利もない。いずれにせよ、リンダ自身の不名誉に関わることでないのだけはわかる。リンダとは長い付き合いだからね」

彼女の問題だと言い切るのはどうだろう、と思った。なにしろ私は、このラムジーという男が――もちろん、ラムジーと仮定しての話だが――リンダ・トレヴォートンに何を仕掛けているのかわからないのだ。誰もがうろたえるような切り札を切る可能性だって否定できないではないか。だが、それは考えないことにした。とりあえず今のところは。

「彼女とは、どれくらいの付き合いなんです?」私は尋ねた。

「リンダが幼い頃からだ」と、彼は答えた。「ウェインウッドは彼女の生まれ故郷でね。十年ちょっと前、いまいましいスカウト連中の目に留まり、ハリウッドで映画に出ないかと誘われたとき、私はリンダを止めたんだ。だが、そんなチャンスをみすみす逃せと言われて、はい、そうですか、と従う女の子なんていないよな。結局、彼女はハリウッドへ行き、半年後、トレヴォートンという男と恋に落ち結婚するつもりだ、という手紙が届いた」最後の言葉を口にした際、キンケイドは、思い出したくない記憶を呼び覚まされたような顔をしていた。

「彼女がトレヴォートンと愛し合っていたというのは確かですか」その件に関してリックが言ったことを思い出し、私は訊いた。「ひょっとして、女優としてのキャリアのために、思いがけない幸運を利用したのではありませんか」

キンケイドの見せた表情が、彼の考えを如実に物語っていた。

「何をばかな!」と、声を荒らげた。「リンダはそんな女性じゃない。彼女は心からトレヴォートンを愛していた。リンダの手紙を読めばわかる。そして、結婚後一、二カ月が経った頃、彼女からの手紙が途絶えた。私は、きっと夫から、結婚したのだからもう故郷の男友達との文通はやめろと言われたのだろうと思った。事実を知ったのは、トレヴォートンが二年近く前、映画界を引退して、リンダとともにここへ戻って暮らすようになってからだ」

「というと……?」言葉が途切れたので、私から先を促した。

「結婚証明書に署名したインクも乾かないうちにリンダは、自分が根っからのカサノヴァと結婚したことを悟ったんだ」キンケイドの声には、ブルース・トレヴォートンへの強い憎しみがこもっていた。継母に対するリックの憎しみに勝るとも劣らない!「しかし、故郷の人たちにそのことを知られるのは、リンダのプライドが許さなかった。私以外に連絡を取り合っていたのは年老いた叔母だけだったんだが、その叔母さんも、彼女がハリウッドに行って二年目に亡くなってしまった。リンダは、東部に移り住めば状況が変わるかもしれないと考えたようだが、甘かった。ブルース・トレヴォートンってのは、どこに行こうと、相手がどんな女だろうと、誠実になれる男じゃなかったんだ。生まれつきの浮気性さ。しかも、こんな田舎町じゃ、どんな秘密もすぐに知れ渡ってしまうから、リンダにとってはハリウッドにいたときよりつらかっただろう。それで私も、手紙が来なくなった理由に察しがついたというわけだ」

「なぜ離婚しなかったんでしょうね」

「耐えられなくなったリンダがすべてを打ち明けてくれたとき、私もそうしてほしいと願ったよ。だが、彼女は離婚に対してある種の恐怖心を抱いているみたいなんだ――年寄りの叔母に厳しく育てられたのもあるが、ハリウッド時代、離婚裁判でひどい目に遭う例をいくつも見たせいだろう。実は、死ぬ一カ月ほど前にトレヴォートンが離婚を言いだしたのを、私はたまたま知ってね。あのふしだらな田舎娘と結婚するため自由になりたい、と面と向かってリンダに言ったんだ。それでも彼女は、自分の生まれ故郷で離婚手続きをするなどという屈辱を味わうくらいなら、夫が死ぬのを看取るほうがましだと突っぱねた」

そこで言葉を切り、すっかり燃え尽きたパイプの灰を落とすと、さらに話を続けた。

「実際にやつが死んでくれてよかったと、私は本心からそう思っている」

ほかに言うことがあるのかと思い、二秒ほど待ったが、どうやらなさそうなのでこちらから尋ねた。

「そもそもトレヴォートンの遺体が見つかった経緯は？　彼から連絡がないのを心配した誰かが別荘まで捜しに行ったんですか」

「まあ、そんなところだ。一日か二日前に軍から帰還していたリックが、父親が湖畔の別荘にいると知って会いに行ったんだ。着いてみるとトレヴォートンの姿はなく、郡保安官と地元の住民たちが湖をさらっていた。保安官はリックに、十日ほど前その周辺で男性が溺れたという匿名の通報があり、遺体の捜索に当たっているのだと説明した。結局いたずら電話だったようなので、捜索を打ち切ろうとしていたところだったらしい。だが、父親の行方がわからないとリックが告げたので、捜索は続けられた。遺体が上がったのは、それから三日後の夕方近くだった」

「父親の遺体確認をしたのはリックだけだったんですか」

「いや」と、キンケイドは答えた。「リックから事の経緯を知らせる電話が自宅に入り、リンダの代理として私が出向いた。彼女は行かないほうがいいと判断したんだ。なんといっても二週間も湖に浸かっていた溺死体だからね。地元の検死官の意見に従ってそうしたのだが、私も遺体をひと目見てその意見は正しかったと思ったよ。確かに、見られたものじゃなかった」

「それでも、遺体がブルース・トレヴォートンだというリックの証言を裏づけることができたんですよね」

彼は頷いた。「トレヴォートンだということに、まったく疑いは持たなかった。今でもそうだ」葉巻をひと吹かししてから、私は訊いた。

「ところで、リックの継母に対する態度はどうなんですかね。あんなふうに憎しみを抱く特別な理由でも？」

笑ったようにも見える表情がよぎったが、キンケイドの口角は緩んでいなかった。

「リックは愚かな若者だ」と言い放つ。「いつの間にか、彼はリンダに恋をしたんだ。だが、彼女を手に入れられないとわかるや、その感情は憎しみに昇華し、リンダがハリウッドでのキャリアアップを狙って父親と結婚したと思い込もうとした」キンケイドはふと口をつぐんで、私に鋭い視線を向けた。「それは、たった今思いついたことなのか？　ひょっとして、リックと話したのか」

私は素直に認め、ホテルのバーで会ったことを話した。ブルース・トレヴォートンを名乗る男に関して継母と対立する立場を取ると宣言したことも、包み隠さず告げた。

私が話し終わると、キンケイドは冷えたパイプを口にくわえ、しばらくのあいだしゃぶっていた。

「そうくるんじゃないかと思っていた」と、ようやく口を開いた。「だからリンダに、私立探偵を雇うようアドバイスしたんだ。だが、リックがそう言い張っているなら、こっちの有利になるかもな」

彼の言いたいことはわかる。リンダがペテン師を夫だと認めるよう強いられたのだとすれば、義理の息子の主張は、むしろ彼女の利益につながるのだ。

「やってみましょう」と、私は同意した。指に達するほど短くなっていた葉巻を押しつけて消し、立ち上がった。

「そろそろホテルに戻ります。でもその前に、のちのち役に立つかもしれないので訊いておきたいことがあります。トレヴォートンが豪邸をウェインウッドに住む女性に遺したのは間違いないんですか。だとすれば、その女性の名前は？」

キンケイドは立ち上がり、私をドアまで見送った。

「ああ、事実さ」口をきっと結んで答えた。「君ももう会っていると思うよ。男の目を惹くタイプだからな。名前はケイティ・ジェンキンス、クレイモア・ホテルのウエイトレスだ」

第四章

ホテルまではせいぜい六ブロックの距離だったので、歩いて戻ることにした。それに、頭の中で状況を整理したかった。じっと座っているより動いているほうが頭がはたらく。

現段階における事件の解釈に、私はあまり満足していなかった。〈クレイモア・ホテル〉にいる男が仮にブルース・トレヴォートンの代役を務めていたエメット・ラムジーだとして、この町へ来てトレヴォートンになりすまして何を得ようと企んでいるのだろう。トレヴォートンの莫大な遺産の分け前にあずかるつもりなら、わざわざなりすましなどという手を使わなくてもできたはずだ。リンダに自分を夫だと認めさせるような脅しのネタを持っているのなら、そんな必要がないことはわかりきっている。

そこで私は、キンケイドが言っていた遺言書のことを思い出した。もし、トレヴォートンが豪邸も敷地もすべてウエイトレスのケイティ・ジェンキンスに遺したのだとすれば、通常の脅迫の線は消える。リンダに支払い能力がなければ、強請《ゆす》りは成り立たない。少なくとも、裁判所の検認を受けて彼女の取り分が確定するまでは意味を持たないのだ。しかし、トレヴォートンが死んでいないとすれば事情は変わってくる。遺言書も不動産の相続も無効となり、ラムジーは換金できるものすべてを手に入れて去ることができるかもしれない。

だが、どうも私は気に入らなかった。答えの出ていない疑問が多すぎる。例えば、そもそもラムジーは、このような騙《かた》りをしようなどとどうして思いついたのか。トレヴォートンの溺死に関する記事をハリウッドかロサンゼルスの新聞で見つけて、うまくいくかもしれないと考えた可能性はあるが、彼が遺言書について知っていたことの説明がつかない。トレヴォートンの金を手に入れるには本人になりすます必要がある、と考えたからには、遺言書の内容を承知していたに違いないのだ。

そこで、誰かがラムジーを呼び寄せてなりすましをさせたのだという、キンケイドが示唆した最初の推理について考えてみた。その場合、問題はそれが誰なのかということだ。リンダとリックは除外されるので、動機を持つほかの人間が存在することになる。ケイティが、自分に有利な遺言書が破棄されると思い込んだとしたら動機はあると言えるが、それにはラムジーの存在を知っていたことが条件になる。

しかし、たとえトレヴォートンからラムジーのことを聞いて知っていたとしても、まさか彼がリンダに自分を夫だと認めさせることができるとは思わなかっただろう。そして、そうでなければすべての図式は崩れてしまう。それに夕食の席でケイティがあのメモをそっと手渡したとき、ラムジーは共犯をにおわせるような態度は少しも示さなかった。むしろ、彼女のことを知らない、関わり合いになりたくもない、といった様子だった。もっとも、町へ乗り込んだあとで、ケイティを完全に切り捨てて自分一人で事を運ぼうという気になったとしたら話は別だが……。

あれこれ考えてみても、結局はもしもやただしといった不確定要素が多すぎて思考がストップし、しまいには頭が痛くなってきた。とりあえず、そうした副線については、〈クレイモア・ホテル〉にブルース・トレヴォートン名で泊まっている男が本当にエメット・ラムジーかどうかを突き止めるという本線がもう少し進展するまで置いておくことにしよう。

ホテルまであと一ブロックほどの所まで来たとき、向かいの角に人が集まっているのが目に留まった。何事かと興味を引かれ、ふらりと見に行ってみた。

人々の真ん中に年寄りが立ち、説教をしていた。話は業火についてのようで、老人は一気にまくし立てていた。

私はしばらくそこに立って耳を澄まし、様子を見守った。老人の説教はなかなかのものだった。白髪頭で、長く白い頬髭をたくわえたその顔は、古代の聖人か預言者のような雰囲気を漂わせている。取り囲んでいる人々は神妙に耳を傾けていた。大半が、救済を求めてというより面白半分に集まっているようなのだが、野次ったり口を挟んだりする者は一人もいない。

一、二分して、私は隣に立つ男に話しかけた。

「あの伝道師は誰だい？」

男はにやりと笑って「ジェンキンス牧師さ」と答えた。「本物の伝道師じゃないんだが、ここらじゃちょっとした有名人で、みんな調子を合わせてやるんだ。やっこさん、ちょっとな――」と言いながら、こめかみの辺りで右人差し指をくるくる回しウインクしてみせた。

「頭がイカれてるのか」

「本人は、天使が降りてきた気分でいるがな」

ジェンキンスという名に私はピンときた。

「ひょっとして、クレイモア・ホテルでウエイトレスをしているケイティ・ジェンキンスの親戚かなにかか」

「爺さんだよ。あんた、ケイティの知り合いかい？」

「いや、そういうわけじゃない」と答えてから、誘いをかけた。「ちょっと、そこの店で一杯やらないか。ジェンキンス牧師のことをもう少し聞かせてほしい」

一度は頷きかけたものの、男は怪訝な顔で尋ね返した。

「なあ、あんた、あの爺さんを困らせようってんじゃないだろうな」

「まさか。ケイティにも迷惑はかけない。私は新聞に特集記事を書いているんだが、いいネタになりはしないかと思ってね」

するとと彼は納得し、連れだって通りを渡った。

〈クレイモア・ホテル〉のバーには行かず、半ブロック先の小さな店に入った。ビールを二杯飲みながら、男はジェンキンス牧師について話してくれた。

約二十年前、ジェンキンスの娘は当時三歳だったケイティの世話を父親に押しつけ、地方回りのセールスマンと駆け落ちしてしまった。母方の祖父なのに名字が同じということは、セールスマンが初めての恋の相手ではなかったのだろう。

娘が出奔したあと、それまでさんざん娘に手を焼いていたであろう父親は、不貞という問題に関してことさら目くじらを立てるようになった。ケイティが年頃になり、母親の跡をたどるようになってもそれは変わらず、しまいには五年ほど前、自らをいわば国務大臣のような立場の人間だと思い込み、街角に立って人々に罪——なかでも姦淫《かんいん》の罪について説教し始めたのだった。そのためのライセンスは持っていなかったのだが、町の当局は彼の事情を汲んで同情し、お咎《とが》めなしとなった。たぶん、彼が害を及ぼすことはないと考えたのだろう。それどころか、地域にとって役立つ可能性もないと踏んだのかもしれない。

男はジェンキンス牧師についてほかにも興味深い話をしてくれたが、現時点では有益な情報かどうかは測りかねた。ブルース・トレヴォートンが溺死する二週間前、ケイティとの不倫をやめなければひどい目に遭わせると、ジェンキンスが人前でトレヴォートンを脅したというのだ。

再びホテルに戻ろうとした私は、路地に停まっている車に気がついた。スポーツタイプのオープンカーで、ルーフが開いている。車内には男と若い女が座っていた。ちょうど彼らの背後を横切ったとき女が笑い声をたてなければ、特別、二人に注意を払いはしなかっただろう。それは、停まっている車に男と二人でいる女性が上げる笑い声ではなかった。何かを成功させたいと目論んでいた女が、その方法を教えてくれる人間に出会ったかのような満足げな笑いだったのだ。だからといって、そのせいで私が女を二度見したわけではない。笑い声に聞き覚えがあったのである。ケイティ・ジェンキンス。

即座に私は、隣にいるのは偽のブルース・トレヴォートンではないかと期待し、同乗する相手に目をやった。だが違った。車の真後ろで立ち止まったとき、ケイティの顔を真っすぐに見て話そうとした男が横を向いたため、顔の左半分がはっきりと見えた。（その車はヨーロッパの仕様で、右ハンドルだったのだ。）路地のほの暗い明かりのもとでも、その能面のような表情は見間違いようがなかった。それはリック・トレヴォートンだった。

翌日の朝食後、私は電報局へ行き、ロサンゼルスで私立探偵事務所を営む友人に電報を打った。エメット・ラムジーが現在ハリウッドにいるか、いないとすれば、いつ、どこに出かけたのか確認してもらうためだ。さらにラムジーに関する有用な情報はすべて知らせてくれるよう依頼し、返信先に〈クレイモア・ホテル〉を指定した。そして、ホテルへ戻ろうと歩き始めた。

ホテル近くまで来ると、まさに私が関心を寄せる人物が正面玄関から出てくるのが見えた。やけに上機嫌なのは、リンダからまた連絡が入ったからかもしれない。自分の指示どおり私をクビにしたという報告でも受けたのだろう。ともあれ、今のところまだ本人と直接接触していなかった私は、ひとつカマをかけてみることにした。

驚いた表情をつくり、片手を差し出しながら歩み寄った。

「ラムジーじゃないか！」と、大きな声で呼びかける。「まさか東部で君に会うとは！　私を覚えてるかい？」

引っ掛けは失敗だったが、どうせ初めから期待はしていなかった。彼はぽかんとした顔でこちらを見ていた。だが、名前を思い出せないふりをするほど相手もばかではない。

「人違いをしておいでのようだ」と言ったその声は、映画で見て記憶しているトレヴォートンの声にそっくりだった。「私はエメット・ラムジーではない」

私はいかにも言い返したそうに口を開いて見つめてから、訳知り顔の笑顔をつくった。「なるほど」と、声をひそめる。「わかってるよ。君の昔のボス、ブルース・トレヴォートンの身代わりとしてここにいるんなら、記事には書かないさ。でも、ここだけの話、どうなってるんだ？　トレヴォートンは事故で死んだって噂をロスで耳にしたはずなんだが」

新聞記者だとにおわせれば動揺するかと思ったのだが、当てが外れた。それどころか、一瞬よぎった彼の目の表情から、自分がトレヴォートンとしてここにいる事実をマスコミに知らせる絶好のチャンスと捉えているのを感じた。

「私が死んだという報道は、尾ひれがついて大げさに書かれたものなんだよ」厚かましくも、本物に聞こえるような口調で言った。「だって私こそ、正真正銘、ブルース・トレヴォートンなんだからね」

私は特ダネに出くわした記者のふりを装った。

「一言いただけませんか、トレヴォートンさん」書き留めるふりをしようと、ペンとメモ帳を取り出す。「あなたが死んだという噂が広まった経緯と、実際に何が起きたのか――」

私が質問を始めたときにはこちらを見ていた目が、「何が」と言ったあたりから逸れ、私の背後の何か、あるいは誰かに移っていった。その視線の先を確かめようと私は振り向いた。

ジェンキンス牧師が通りを渡って、ちょうど縁石に足を乗せたところだった。ブルース・トレヴォートン――便宜上、そう呼ぶことにしよう――がジェンキンスを見つけたのとほぼ同時に向こうも気づいたようで、真っすぐこちらへ向かってきた。

トレヴォートンは素早く身を翻してホテルへ戻ろうとしたが間に合わなかった。大股で歩道を二歩で横切ったジェンキンスが、トレヴォートンの肩をつかんで振り向かせたのだ。「この女たらしめが！」半ブロック先まで聞こえるほどの大声で怒鳴った。「地獄の悪魔にまではねつけられて、性懲りもなく悪さをしに戻ってきやがったか！」

トレヴォートンの顔がみるみるレンガ色になった。「その薄汚れた手を離せよ、爺さん」強い口調で言いながらジェンキンスを振りほどこうとするが、老人は濡れた髪の毛のようにぴったりとくっついて離れない。

「おい、ブルース・トレヴォートン。貴様がどんな手を使って戻ってきたのかは知らん。自然界のなせる業《わざ》なのか、貴様が仕える悪魔の仕業なのか。だが、これだけは言っておく。今度うちの孫娘に手出しをするようなことがあったら、貴様の主人である悪魔のもとへ送り返してやるからな」

この頃には、徐々に野次馬が集まりだしていた。ジェンキンス牧師は野次馬のほうに向き直った。トレヴォートンの肩はしっかりとつかんだままだ。

「ウェインウッドのみなさん、聞いてくれ！」と、人々に大声で呼びかけた。「この男は女たらしの姦通者で、この町に住むにはふさわしくない。君たちの娘や女房の貞節を守りたいなら、手遅れにならないうちに追い出さねばならん。やつは本物の好色漢で、そのうえ――」

牧師の言葉は徐々に熱を帯び、公の場で口にするにははばかられる様相を呈してきた。しかもその表情から見て取るに、まだ序の口といった感じだ。こっちまで恥ずかしくならないうちに、私はなんとか収めにかかった。

「まあ、そのくらいにしておこうや」牧師の腕に手をかけて諭す。「紳士たるもの、公道でそんな言葉を使うのはどうかと思うな。それはあまりにも――」

ジェンキンスは枯れ葉でも払うように私の手を払いのけた。ほんの一瞬触れただけだったが、その感触に私は驚いた。華奢《きゃしゃ》に見えた老いた体は、鉄のようにしっかりとした筋肉に覆われていたのだ。

「真実の追求に何の恥ずかしいことがあるものか！　追求によって見せかけの仮面を剝がされ、丸裸にされる人間でないかぎりはな」ジェンキンスはなおも野次馬に向かって声を張り上げていた。「いいですか、みなさん。まっとうな市民のふりをして君らの中に紛れ込んでいるこの男は、猫の皮をかぶった偽善者なのだ！」

熱に任せ、天に証《あかし》を求めるように両拳を頭上に突き上げた。おかげで、それまでつかまれていたトレヴォートンはその手から逃れ、ホテルの回転ドアに駆け込むことができた。

野次馬の誰かが高笑いした。ジェンキンスは笑われた原因を確かめようと振り向いたが、敵の姿はすでになかった。

二秒ほど、彼は無言のまま微動だにしなかった。それからおもむろに両手を下げ、こういう状況下ではあり得ないほどに威厳ある態度でホテルに背を向けると、ゆっくりと去っていった。

第五章

野次馬から何か聞けるかもしれないと思って少しのあいだその場にいたのだが、わかったのは、死んだと思われていたトレヴォートンが町に舞い戻ったことに誰もが驚いているという事実だけだった。一昨日ホテルにチェックインしていたことは知られていなかったようだ。が、こうなった今、地方紙の記者が彼の存在を嗅ぎつけ、それに追随して大都市の日刊紙が取り上げるのも時間の問題だ。そうなると私の仕事はやりにくくなり、マスコミの連中が目障りな存在になるのは目に見えている。あとは、墓場から戻ってきた元映画俳優に新聞社が一面をどれだけ割くかだ。

野次馬が徐々にばらけ始めたのを見て、ホテルに戻った。トレヴォートンの姿はない。私はフロント係のもとへ歩み寄った。

「つい一分くらい前に入ってきた男性がいただろう」と話しかける。「あの人が誰か知ってるかい？」

「ええ、知ってますとも」と、フロント係は答えた。「映画スターのブルース・トレヴォートン様です」

私は驚いた声を上げてみせた。「だって、ブルース・トレヴォートンは死んだはずじゃなかったのか！」

　フロント係は肩をすくめた。「確かに、この町の人たちもみんなそう思ってたんですけどね。どうも遺体確認が間違っていたようです」

　デスクにもたれかかり、煙草に火をつけた。フロント係がさらに何か話してくれるのではないかと期待したのだ。読みは当たった。

「あなたにあの方のことを訊かれるとは奇遇ですね」と、彼は言った。「実は、たった今トレヴォートン様からあなたについて尋ねられたんですよ」

「ほう？　私の何を知りたかったんだね」

「あなたの身元と、このホテルに宿泊していらっしゃるのかどうかです。ですから、フィラデルフィアからお越しのレックス・ダヴェンポート様で、昨日の午後から滞在していらっしゃいます、とお答えしたんです」――そこでフロント係は、口にしないほうがいいことを言ってしまったと不意に気がついたようで、はっと息をのんだ――「トレヴォートン夫人が予約されたお部屋に、と」

「余計なことを言ってくれたもんだな。ほかに何を知りたがってたんだい？」

「あなたがどの部屋に宿泊されているか訊かれました」フロント係は、ここへきてさすがに居心地悪そうな様子を見せた。「トレヴォートン様の右隣の部屋だとお教えしました。ひょっとして、まずかったですか」

「ああ、いや。ただ、私と奥さんの関係について誤解を与えたかもしれんな」

立ち去りかけて、ふと足を止めた。「トレヴォートン夫人は、彼の隣の部屋を指定したのか」

「いいえ」フロント係は即答した。「たまたまそうなったんです。その、トレヴォートン夫人は——」

あの部屋はそのとき空いていたなかで最もいい部屋で、トレヴォートン夫人に喜んでもらいたいと思ったのだという説明をくどくどと続けているフロント係を尻目に、私はその場をあとにした。

部屋へ戻り、ドアを閉めた。隣の部屋とのあいだを隔てる薄い壁を通して、ブルース・トレヴォートンが歩きまわる気配がする。名案かどうかわからないが、あっちへ行って彼と話をつけたほうがいいだろうと考えていると、隣の部屋のドアが開く音がした。二秒後ドアがノックされ、相手も同じ考えに至ったのだな、と思った。

「どうぞ」と応え、これから始まる事態への心構えをした。

トレヴォートンが入ってきた。何も言わず、しばらく私をじっと見つめる。こちらも同様に見返した。

「ダヴェンポート君」ようやく向こうから口を開いた。「ホテルの前で私を驚かせてエメット・ラムジーであることを認めさせようとしたさっきの芝居は、少々子供じみていたな」

私は肩をすくめてみせた。「試してみるのは勝手でしょう。もしかするとうまくいくかもしれないし……」

「絶対にうまくいくわけがない」と、私の言葉を訂正した。「昨夜、妻から聞いたと思うが、私は本物のブルース・トレヴォートンなんだからね」

「そいつは、どうもよろしく」と言って、相手の出方を待った。

　それが彼の気に障ったらしい。

「いいか」と言いながら部屋の中へ一歩入り、それまで後ろ手で開け放っていたドアを閉めた。「妻が言うには、昨日の朝、私からのメッセージを最初に受け取ったとき、てっきり私を偽者だと思ったのだそうだ。別荘のあるローレル湖から引き上げられた遺体が、まさか別人だとは思いもしなかったのだ。だから、善意はあっても思慮深さのない友人のキンケイドに言われるがまま私立探偵を雇った。だが当然のことながら、じかに私と会って話したら自分が間違っていたことに気づいたというわけだ。妻はこうも言っていた」こちらを射るような視線は、私に身の程を思い知らせようとするものに違いなかった。「昨夜、君にすべてを説明し、もう調査の必要はないときちんと告げた、とね。私がここへ来たのは、その点を確認し、君が考えるこの件でかかった金額を支払うためだ」

　彼は片手を上着の内側に突っ込んで分厚い財布を取り出すと、中の紙幣を数えだした。

　私は手を振って断った。

「そんな必要はありませんよ。奥さんにも言ったとおり、調査をしないのであれば料金はもらえない。欲しいのは交通費だけだが、まだここを出ていくつもりはないんでね。それまで請求はお預けということで」

　彼は財布を開けたまま、怪訝そうな目を私に向けた。「つまりこういうことか、ダヴェンポート君。妻が調査の必要はないとはっきり伝えてもなお、君はこの町にとどまると言うのかい？理由を訊いてもいいかね」

「いいですとも」と、私は答えた。「一度引き受けたケースからは、報酬をもらえようがもらえまいが解決するまでは降りたくない主義でね。それに今回の件は、どうにも解決しそうな気配が感じられない」

上着の内ポケットに財布を戻した手を少しのあいだそのままにし、トレヴォートンは背筋を伸ばしてポーズを取っていた。

「なあ、君」と切り口上に言う。「もし言い争いでも始めようと思っているのなら――」

「言い争いを始める気なんかないさ。私は事件を最後まで見届ける。この件に首を突っ込んでほしくないのなら、その椅子に腰を落ち着けてその理由を挙げてみればいい」彼はうろんな目つきで椅子をちらりと見てから、ゆっくりと腰かけた。私の提案は気に食わないが、反論するより応じたほうが面倒でないと判断したらしかった。

「いいだろう。君が知りたいのは何だ」

「まず、そっちの話から聞かせてもらおう。この二カ月どこにいて、なぜ自分が死んだという噂が広まるのを放っておいたのか説明してくれないか」

落ち着かない様子で一分ほど自分の靴先を見ていたが、急にがらりと態度を変えた。敵意は消え、親しげな口調で話し始めた。

「君が好奇心を持つのも無理はないと思うよ、ダヴェンポート。それに、どうせすぐにほかの人たちからも同じ質問をされるだろうから、答えるのに慣れておくのもいいかもしれん。もちろん、マスコミに話すときには事実をかなり省くつもりだが、君も私もそれなりに世慣れた人間だから――」いかにもいわくありげなウインクを投げかけてきた。「君にはすべて話したほうがよさそうだ。二カ月ちょっと前にあの別荘に行ったとき、私は一人ではなかったんだ」

「どうせ、そんなことだろうと思ってたよ」と、私は言った。「誰と一緒だったんだ？　ケイティ・ジェンキンスか」

彼は頷いた。「妻には、以前から書きたいと話していた映画の脚本に取り組むため、一週間くらい別荘に行くと伝えた。ケイティを同伴していたことは誰も知らなかった。というか、われわれはそう思っていた。ところが、到着して一日も経たないうちに電話がかかってきたんだ。聞き覚えのない声だった。名前は名乗らなかったが、ケイティの祖父のジェンキンス牧師がわれわれのことを嗅ぎつけ、そちらへ向かっているから気をつけろ、と警告された。

私は恐れてなどいなかった。正直言って、義憤に駆られた老人と対決することになろうとも、どうということはなかったんだ。だが、ケイティのことを考えてやらなければならない。彼女がどんな目に遭うのかわからないからな。いや、やつが孫娘に何をされるか見当がついていたと言うべきかもしれん。以前、ケイティが言っていたんだ。もし私と一緒にいるところを見つかったら、鞭《むち》で脅されるだろう、と。あの狂信的な老いぼれならやりかねないと私も感じた。だから、乗ってきた私の車に荷物を放り込んで逃げ出したのさ。

最寄りの町までケイティを送り、彼女はそこから列車で戻った。私のほうは西へ向かった。二人で話し合った結果、同じ頃に町に到着するのを避け、私は二、三日待って戻るのがいいだろうということになってね。

ところが、二、三日のはずが、いつの間にか二週間経ってしまった。そしてある日、ピッツバーグでたまたま手に取った演劇新聞で自分の死を報じる記事を目にした。それで、すぐに帰宅して誤りを正すべきだと思ったわけだ。

しかし戻る途中、運命のいたずらによって足止めを食らった。いくらか飲みすぎだったのは認める。だから運転も注意不足になっていたんだと思う。結果的に私は車をおしゃかにし、脚を骨折して病院に収容される羽目に陥ってしまった。一週間ほど前にようやく退院して、その足でここへ来たんだ。ただし、真っすぐ家には帰らずクレイモア・ホテルに部屋を取って、私が戻ったことを妻に知らせるメモを使いの者に託した。私が死んだと信じ込んでいるのに、前触れもなくふらりと戻ったら妻がショックを受けると思ったからな」

彼は椅子の背にもたれかかり、胸の前で腕を組んだ。「これで私の話はすべてだ。私が本物のブルース・トレヴォートンだと納得していただけたかな」

しかし、まだその問いに手放しでは答えられない。

「それは、一つ二つ質問に答えてもらってからの話だな」

「何でも訊いてくれ、できるかぎり答えるよ」

「第一に」と、私は切りだした。「その衝突事故のせいで病院に担ぎ込まれたあと、なぜ奥さんに連絡が入らなかったんだ。たとえ自分の名前が言えなかったとしても、身元を特定するものを何か携帯していただろうに」

彼はゆっくりと首を振った。「それが、何もなかったんだ。気づかれるのが嫌で、私はいつものように偽名で旅をしていた。ハリウッドやあそこの人間と一度でも関係を持ったことがあればね、ダヴェンポート君。名を知られたわれわれのような映画の世界の人間にとって、そうすることは便利というだけでなく、時には必要不可欠なことだと容易にわかるはずだ。だから私は、ブルース・トレヴォートンと特定されるものを何も持ち歩いていなかったんだよ」

「免許証は？　それには本名が書かれているはずだ」

「確かに」と頷く。「だが、今言った理由から、免許証は財布ではなく車のダッシュボードにしまっていたんだ。車は衝突したあと炎上したから――私が炎の中から救い出されたのは奇跡だったと言っていい――免許証は見つからなかった」

この点は先送りにして、次の質問に移行した。

「だったら、湖から引き上げられて身元が特定された遺体については？　どう説明がつくか思い当たるかい？」

私の最初の質問に答えたときと同様、彼はゆっくりと首を横に振った。

「まったく思い浮かばない。誰であってもおかしくないとしか言えん。ハイキングの途中でひと泳ぎしようとした旅行客かもしれないし、自殺する場所を求めてやってきた哀れな人間だとも考えられる。いずれにしても、発見されるまで約二週間も湖に浸かっていたんだ、身元の特定は容易じゃない。そこへもってきて、溺死したとされるちょうど同じ頃に私がその近辺に来ていたことは知られていたから……」口の端を歪め、息子のリックを思わせる皮肉な笑みを浮かべた。「それに、身元特定をした友人や家族は、ひそかに心の中でそうであってほしいと思っていて、少々事を急いだのかもしれん」

その言葉がリンダを揶揄《やゆ》しているように聞こえ、気に入らなかった。前日クビにされてから、私自身リンダに対して友好的な気持ちを抱いているとは言いがたかったが、それでも、この浅はかそうな気取り屋から彼女への当てこすりを聞かされるのは不愉快だった。リンダの夫だか誰だか知らないが、私にとっては見ず知らずの男にすぎない。

相手の揚げ足を取るか、せめて落ち着きを失わせる質問がほかにないかとあれこれ考えてみたが、とっさには何も思いつかなかった。トレヴォートンは座ったまま視線をこちらへ向け、まるで私のしていることを見透かして、愉快がっているようだった。

「これで納得したかな、ダヴェンポート君」二人のあいだに流れる沈黙が重苦しくなってきた頃、トレヴォートンが尋ねた。

「納得せざるを得ないようだな」そう白状するしかなく、私は相手にも自分にも無性に腹が立った。

「では、失礼するよ」その場に飽きた洒落た雄猫さながらに、物憂げにすっと立ち上がるとドアに向かった。

彼がドアに達するのを待って私は口を開いた。「ちょっと待ってくれ」

「何だね」振り向きかけたが、その手はドアノブを握ったままだ。

「旅のあいだと入院中に使っていた偽名は何だったんだ」

トレヴォートンは、例の人を食ったような皮肉な笑みを再び浮かべたが、今回は自分にしかわからない面白さを楽しんでいるようだった。やがて私にもその真意がわかった。

「私が使っていた偽名はだな」おおっぴらに私を笑い飛ばすような口調で言った。「そういうときにいつも使っていた名だ。以前、映画で私の代役をしていた男の名前――エメット・ラムジーさ」

第六章

トレヴォートンが自室に戻ると、私は座って、今聞いた話を反芻《はんすう》した。話の内容も彼のことも気に入らなかったが、だからといって今の話が嘘っぱちだとも思えなかった。あれがすべて真実だとは思えないし、話を全部信じているわけではないが、大筋は事実のように感じられた。そう考えると、不本意ではあるが、あの男はやはりトレヴォートン本人かもしれないという気がしてくる。

彼が去ったあとになって、訊きたいことが山ほど浮かんできた。ふらふらしていた二週間のあいだ立ち寄った場所はどこだったのか。衝突事故を起こしたとき、どこにいたのか。運び込まれた病院の名前は何だったのか。が、そこで気がついた。たとえこれらの質問の答えを得て吟味したとしても、本人がラムジーの名前を名乗っていた以上、彼がエメット・ラムジーなのかブルース・トレヴォートンなのか証明するのは難しいのだ。どこから見ても、うまい言い逃れをしたとしか言いようがない。

いや、本当にそうか？　よくよく考えてみると、真実を述べていなければつじつまが合わなくなる部分がある。トレヴォートンの車だ。彼の話では、ケイティを駅まで送ったあと、そのまま車で出かけたという。だが、遺体発見時に湖畔の別荘に車があったとすれば、その話は根底から崩れる。それこそが、キンケイドが私を雇った理由なのだ。

昼食前にキンケイドの自宅に寄れる時間が取れるか時計を見たが、難しそうだった。ちょうど正午だ。善良な医師には、ランチを食べてから会うことにしよう。

階下に降りると、ホテルのダイニングはちょうど開いたばかりで数人しかおらず、トレヴォートンの姿はなかった。私は昨晩と同じ席に陣取った。

思ったとおり、ケイティが注文を取りに来た。

「こんにちは、ダヴェンポートさん」と、にこやかに声をかけてきた。

こちらも笑みを返す。「今日は私の名前を知っているんだね、ケイティ」

彼女が頷いた。「フロント係に聞いたの。ほかにも教えてもらったわ」

「ほう?」と、話の先を促した。

「私立探偵なんですってね」

「噂ってのは、あっという間に広まるんだな!」

私が笑わせようとして言ったと思ったのか、ケイティはクスクス笑いをした。

「本物の私立探偵なんて会ったことがないわ」心底、興味深そうなまなざしを伏し目がちに送る。

「だからナンパに応じなかったわけか」

彼女は口元をさらに緩め、唇を開きぎみに笑顔をつくった。「つまりね、一回目は応じないってこと」

「私は少し変わっていてね、意気地のないタイプなんだ。一回目のトライでうまくいかなかったら、再挑戦はめったにしない」

その言葉を聞いてやや体を引いたものの、それも一瞬のことだった。さっと周囲を見まわし、室内のその一角に自分たちしかいないのを確認すると、私のほうに屈み込んだ。

「ねえ、ダヴェンポートさん」男に媚びを売る感じが消え去ったわけではないが、別の要素が顔を見せた。「あなたがなぜここにいるのか知ってるわ。ブルース・トレヴォートンと関係があるのよね。お近づきになれたら、トレヴォートンについて面白いことを教えてあげられるかもよ――あなたに興味があればの話だけど」

「私はそのために雇われているんだ」はやる心をなるべく悟られないように答えた。

「いいわ。だったら」と、彼女は言った。「ここは二時半にいったん上がりなの。五時までに戻ればいいから、三時二十分前にホテルの通用口で待ってて。そしたら、知っておく価値のあることをいくつか教えてあげる」

「三時二十分前だな」と私が頷くのを確認して、ケイティはテーブルから去っていった。

実はダイニングに入ってきたとき、私はケイティの機嫌を取ってどうにかデートに誘い出し、トレヴォートンについて話を聞けないものかと考えていたのだった。向こうから近づいてきて話してくれるとは、願ってもない幸運だ。よく考えてみると少々出来すぎのような気がしないでもない。ふと疑念が頭をもたげた。が、やはり最後まで見届けて、彼女が何を考えているのか探り出そう、と心を決めた。

急いでキンケイドのもとへ行って話をして、約束の二時四十分までに戻ってこようかとも考えたが、リスクを冒すのはやめておいたほうが無難だ。万が一、時間に遅れでもしたら、ケイティは気を変えて打ち明け話をしてくれないかもしれない。必ずしも価値のある話を聞ける保証はないが、二、三、どうしても訊きたいことがある。どのみちケイティに会ったあとでもう一度キンケイドに報告しに行く必要があるのだ。二度手間を省いたところで、別に問題はないだろう。

前の日に目に留まっていた、通りの向かいにあるレンタカー会社へ行き、クライスラーのセダンを借りた。その車を運転してホテルに戻り、通用口のある小道で待っていると、約束の二時四十分きっかりにケイティが姿を現した。

車を見て彼女は目を丸くした。「まあ！　バスかと思ったわ！　あなたの車なの？」

隣に乗り込んできた彼女はなかなかの美人だった。ウエイトレスの制服を脱ぎ、体の線の出るセクシーな黒いシルクの服に着替えていた。彼女が稼ぐ一週間分のチップで買える代物でないことは、この私でさえわかる。ブルース・トレヴォートンに買ってもらったのだろうか。

「すてきな服だね」車を発進させながら、ちらっと彼女に目をやり、私は素直な感想を述べた。

「お気に召した？」両肩を押しつけるように背もたれに寄りかかったので、ぴったりとまとわりついた黒いドレスが、さらに体の線を強調した。「ホテルに来た女性のお客さんからもらったの」

「へえ、そうなのか。きっとその人は、君ほどは似合わなかっただろうな」

ケイティはクスッと笑って、シートに納まった体を少し私のほうへずらした。どうも気に入らない。話を始める前に、私をいいムードに誘い込みたいのが見え見えだ。つまり、これから彼女がする話の内容を安易に信用してはいけないということだ。

「どこへ行く?」目抜き通りを曲がったところで訊いた。

ケイティは、町から一マイルほどのところにある州道沿いの〈ルイズ〉という店を指定した。うまいマティーニを出すらしい。私はその店を目指して車を走らせた。

ケイティの言うとおり、マティーニはおいしかった。私は二杯目を頼み、彼女のグラスが半分空くまで待った。

「なあ、ケイティ、君のような若くて可愛い娘がブルース・トレヴォートンのように年を取った過去の人間と付き合うのが、どうにもわからないんだ」と切りだしてみた。

「年を取った過去の人間」という言葉にどう反応するか見たかったのだが、彼女はすんなり受け入れたようだった。

「あら、最初は結構よかったのよ」肩をすくめて言った。「そりゃあ、かなり年上だけど――女の子は人生を楽しまなきゃ」

なるほど、それもそうか。「最初は結構よかったと言ったが」できるだけさりげなく聞こえるように言った。「近頃は変わってきてたのかい?」

「はっきり言って、彼は――」と言いだしたところで、それを話すつもりではなかったのだというように不意に口をつぐんだ。「どうして、そんなにあの人に興味があるの?」

「私は、ブルース・トレヴォートンを名乗っている男が本人かどうかを調査するために呼ばれたんだ」

「リンダ・トレヴォートンに？」

私は頷いた。

「なんてこと！　あの人、自分の夫がわからないの？」

その問いには答えず、ただ笑ってみせた。

ケイティは再びマティーニに口をつけた。「奥さんは、夫が死んだままでいてくれたほうがよかったんでしょうね」と、グラスを置きながら言った。

「ゆうべ話したときには、再会を跳び上がって喜んでいるという様子ではなかったな」と、私は認めた。

ケイティはマティーニを飲み干し、テーブル越しに身を乗り出した。

「私ね、奥さんの喜ぶことをしようと思うの。もし逆の立場だったら、彼女がしてくれそうにないことよ」

「ほう」と合いの手を入れ、続きを待った。

「ブルースと私は、かなり親しい友達だったの」言いながら、こちらの目をじっと見つめた結果、どうやら私がすでに知っていると踏んだらしく、純情ぶっても無駄だと決め込んだようだ。「その頃、私は彼のことを誰よりもよく知ってた――奥さんよりもね。だからわかるの。ホテルにいるあの男はブルース・トレヴォートンじゃないわ」

私は思いきり眉を上げた。

「確かかい？　なぜ、わかるんだ」

ケイティは嗄《しゃが》れぎみの笑い声をたてた。「きまってるじゃない、女の勘よ」と言い返す。「でも、具体的な根拠がほしいって言うんなら、ちゃんとあるわ。ゆうべ、ダイニングで私があの人にメモを渡すのを見たでしょ。サインをねだったっていうのは嘘。生きて町に戻ったのに、どうして連絡してくれなかったの。いつ、前みたいに私と会ってくれるの、って書いたのよ」そこで一息おいて、私に重大発表への心の準備を整えさせた。「そのときの態度でわかったの。だって、私が誰かも、何の話かもわからない様子だったんですもの」

「知らないふりをしただけかもしれない。今朝、君の爺さんのことは知っていたぜ」

彼女の表情から、ホテルの前で起きた出来事の件はすでに耳にしているのだとわかった。

「町の誰かからお爺ちゃんのことを聞いたのかもしれない。私について知っておくべきだって気づいたもんだから、私に関する情報を探らなきゃいけなくなって、これまでのお爺ちゃんとのいきさつも知ったのよ、きっと。本当よ、ダヴェンポートさん、あの男はブルースじゃない。なんなら、いつでも人前に出て証言するわ」

「なぜだい？」と、私は訊いた。

「なぜ？」ケイティはわずかに眉根を寄せ、当惑したまなざしを私に向けた。「なぜってどういう意味？」

「なぜ君は、リンダのためにそこまでするんだ。彼女に借りなどないだろうに」

「彼女のためにするんじゃないわ」と、頭をつんと反らした。「ブルースのためよ。一度は愛し合った仲ですもの。それも深くね」ケイティは悲劇の女王のような表情をした。ハリウッド女優も顔負けだ。「ブルースとの思い出のために私ができることはそれくらいだから。あの偽者がしゃしゃり出て彼の座に座るのを食い止めるの」

一分前までの態度とはずいぶん違うと思ったが、顔には出さなかった。ケイティにお代わりを持ってくるよう、ウエイターに合図する。

「本当に気の毒だったな！」ウエイターを待ちながら慰めの言葉を口にした。「さぞつらかっただろう。目の前でトレヴォートンが溺れているのに何もできず、結果的に見殺しにしてしまったんだもんな。通報することさえしなかった。爺さんを恐れてのことだろうが――」

ケイティが割り込んできた。「何言ってるの？　事故が起きたとき、私はその場にいなかったのよ！」

私は驚いた顔をつくった。「いなかった？　トレヴォートンと一緒に別荘に行ったんじゃなかったのか」

「いいえ」彼女は否定した。「あの辺りには近づきもしてないわ」

「実際に彼が溺れるところを見ていないのなら、あの男がブルース・トレヴォートンじゃないことをどうやって証明するんだ。相手の主張に、ただ言葉で対抗するだけじゃないか」

ちょうどそのとき、ウエイターが新しいマティーニを持ってきてケイティの前に置いた。彼女はそれをひったくるように取り上げると、かなりの量を一気に飲んだ。酒の力のおかげで何か思いついたようで、グラスを戻したその目に計算高そうな光が宿っていた。

「もし私がその場にいたって言っても、事故をすぐに通報しなかったことで逮捕なんかされないわよね？」

「逮捕されるとはかぎらんだろうな。保安官に電話をかけたのが君だとか、友人にかけてもらったと言うこともできる。まあ私が思うに、実際そうだったんだろうがね」最後の言葉は、彼女への助け舟のつもりだった。

ケイティは少しのあいだ考えていたが、やがてゆっくりうつむいた。

「そうなの、確かに私はその場にいた」またもや悲劇の女王の役に入りながら言った。「ああ、本当におそろしかったわ！　ブルースは、私が朝食を摂っているあいだに早朝のひと泳ぎをするって出かけたの。でも水が冷たすぎたのか、脚がつってしまって。ボートで助けに行こうとしたんだけど、たどり着く前に沈んでしまったのよ。水の中に消えていったときの彼の顔が忘れられないわ！」

今度は、嘘をついているのは明らかだった。わからないのは、トレヴォートンと別荘に行ってはいないという、さっきの言葉が嘘だったかどうかだ。初めにホテルに滞在している男がトレヴォートンではないと言い切ったのも、本当かどうか確信が持てなかった。そこで、ちょっとしたショック療法でその点をはっきりさせようと思いたった。

「なあ、お姉さん、そこらでお芝居はやめにしようぜ。君がこんな話をするのは、ブルースへの愛なんかじゃなく、遺言書にある君の金を手にするにはそれしかない、とリック・トレヴォートンに入れ知恵されたからだってことはわかってるんだ」

ケイティは頭を上げた。「何を言ってるのか、さっぱりわからないわ！」と声を上げたが、そうでないことは見ていればわかる。

「じゃあ説明しよう。弁護士から聞いたと思うが、ブルースが死んで君は大金を相続する立場にいる。彼が生きていたら一セントも入らない。うまいこと考えたんだろうが、一日遅かったな。トレヴォートン夫人はすでに、ホテルにいる例の男が自分の夫だと認めたよ」

それを聞いて、思ったとおりケイティの口があんぐりと開いた。しかし、次の彼女の行動は想定外だった。

「なんてこと、あなたって人は――」と、声を尖らせた。「最初から全部知ってて、わざと私に……」

ケイティはグラスをつかみ、残っていたマティーニを私の顔に浴びせかけた。目にかかったマティーニを拭き取り、耳に入ったオリーブを引っぱり出したときには、すでに彼女の姿は消えていた。

第七章

ウエイターが慌てて駆け寄ってきた。「大丈夫ですか」

「いや、大丈夫じゃない」と、私は言った。「だが、君には関係ないことさ」

代金を支払い、店を出た。外を見まわしてケイティの姿を探したがどこにもいない。その代わり、道の反対側からバスが走り去るのが見え、おそらくそれに乗ったのだろうと判断した。

車に乗り込み、町へ戻った。が、ホテルには帰らず、キンケイドの自宅を目指した。

到着したとき、キンケイドはワイシャツ姿で花畑をうろうろしていた。あたかも、私が来るのを見越して、待つあいだ手持ち無沙汰なので素人ガーデニングをやっていたようだった。

「それで」書斎に私を案内すると、すぐに訊いてきた。「進展はあったかね」

「あったと言っていいでしょう」と、私は答えた。「正しい方向に向かっているかはわかりませんがね」

「一杯やりながら話を聞こう」と言って、キンケイドは机の上にある、ウイスキーのボトルとグラスが二つ並んだトレイを示した。

だが、私はそれを辞退した。

「いや、結構です。マティーニを飲んだばかりでしてね――それも、なかなかに手荒な方法で」

キンケイドは怪訝そうに私を眺めまわして、上着とシャツの濡れた染みに気づいた。

「何があったんだ」

私はケイティとのデートのことを話した。

キンケイドは自分の分のウイスキーも注ぐのはやめにし、肘掛け椅子に腰を下ろした。

「ケイティを怒らせたのは残念だったな。証言が利用できたかもしれないのに」

「彼女が嘘をついていなければですけどね」と、私は指摘した。

キンケイドが鋭い視線を投げかけた。「なぜ、彼女が嘘をついていると思うんだね」

そこで昨晩、リックと二人で停まっている車に乗っているのを見かけたことを打ち明けた。

「トレヴォートン夫人が昨夜、クレイモア・ホテルにいる男が夫だと確信したと私に告げたとき、私の電話と同じように執事がリックにそのことを報告したんでしょう。それでリックは、どうあっても継母と反対の立場を取るという言葉どおり、すかさずジェンキンスの孫娘をつかまえ、トレヴォートンが彼女に遺した財産を手にするには、やつが偽者だと証言するしかないと説得した。ケイティは、トレヴォートンが本物かどうか確信がないんだと思います。あるいは気にしていないのかもしれない。彼女が気にしているのは金のことだけだ」

キンケイドは少しのあいだ、しきりに何か考えるように細い顎を撫でていた。

「君の言うとおりかもしれんな」と、最終的に認めた。「もしリックが本当に、遺言書の検認を妨げるためにリンダがラムジーを呼び寄せてトレヴォートンのふりをさせたと思っているとしたら、確かにやりかねん。だが今の話では、そいつの身元に関して君は疑問を抱いているように聞こえるが、そうなのかね」

「実を言うとそうなんです。彼がトレヴォートン本人だと信じたわけじゃありませんが、可能性はある。理由はこうです」

私は、トレヴォートンがホテルの私の部屋に来たことと、彼が話した内容を告げた。トレヴォートンがケイティを駅まで車で送り、そのあと帰宅する前に数日間西へ向かったという箇所に差しかかったところで、キンケイドは急に何か思いついたようだった。しかし、私の説明を遮ることはせず、最後までじっと耳を傾けていた。私が話し終えると、勝ち誇ったように握り拳を膝に振り下ろした。

「やつが本当にそう言ったのなら、尻尾は捕まえたぞ！」と、興奮ぎみに言う。「やつがトレヴォートンの車で出かけたはずがない。リックが別荘に行ったとき、車はガレージに残されたままだったんだからな。それもあって、保安官と協力者たちが引き上げた溺死体を、リックは父親と信じたんだ」

それは、まさに私も確認したい点だったので、こちらが訊く前に気づいてくれたのはありがたかった。そのほうが発言内容に信憑性《しんぴょう》が増す。もし私から尋ねていたら、質問にヒントを得て、車が別荘に残されていた、と事実とは関係なく主張したのかもしれないと疑わざるを得なかっただろう。

「確かにその点はこちらに有利ですね」と、私は言った。「ただ、問題の男がブルース・トレヴォートンかエメット・ラムジーかを特定する真の証拠とは言えません。ただ単に、本人が主張する手段で湖畔の別荘を出たのではなかったというだけのことですよ。やつの尻尾を捕まえたと断言するには、もっと確実な証拠が必要だ」

キンケイドは落胆したようだった。「例えば、どんな?」と訊く。

私は説明を試みた。

「つまり、こういうことです。トレヴォートン夫人がわれわれの側に立ち、この男が夫であることを否定すれば、本物であると証明する責務は彼が負う。だが、夫人がそうしない場合、すべてはわれわれに委ねられます。となると、取るべき道は二つ。彼がブルース・トレヴォートンでないことを証明するか、エメット・ラムジーであることを証明するかです。私の考えでは、後者のほうが見込みがありそうな気がします。だからロサンゼルスで私立探偵をやっている友人に、ラムジーの最近の動向について問い合わせの電報を打っておきました。ここ数週間、彼がロス周辺やハリウッドにいないようだったら、さらに手がかりを追ってもらって、東部に来た形跡があるかどうか確認するよう友人に頼みました。事実が判明すれば、この件は無事解決です。エメット・ラムジーを詐欺目的のなりすまし容疑で刑務所送りにするなり、尻尾を巻いて逃げ出させるなりできるでしょう。どちらにしてもトレヴォートン夫人にとっては好ましいはずです」

「しかし、それでは時間がかかってしまう」と、キンケイドが異議を唱えた。「トレヴォートンの全財産を奪う隙を与える前に、ラムジーを遠ざけなければ。車の件と、われわれに有利なケイティの証言を、今すぐにでもやつに突きつけて、そっと消え去るのが得策だと思い知らせるのがいいんじゃないか」

「夫人がわれわれへの協力を拒んでいるかぎり、それは無理ですね」と、私は言った。

「だが、もしリンダを説得して、やつへの恐怖心を取り除ければ……」

「今日、夫人と話しましたか」

「いや。あの男と会って以来、リンダは私に会ってくれない。彼女なしでも動けるまで待つしかありません。

「だったら、その件に関しては答えが出ている。彼女なしでも動けるまで待つしかありません。さもないと、われわれが追っていることを悟られますし、もし、やつの狙いが財産なら、こっちが尻尾をつかむ前に急いで財産を奪う計画をやり遂げようとするでしょうからね」

キンケイドはがっかりしたようだったが、最終的には、私のやり方でいくことに同意した。

電報の返事が来たらすぐに知らせると約束し、彼の家をあとにした。

ホテルのロビーに入ると、フロント係が私を見てこっそり手招きをした。

「ダヴェンポート様、あなたにお会いしたいというご婦人がお待ちです。あそこのヤシの鉢植えの裏にあるソファにいらっしゃいます」

フロント係に礼を言い、そちらへ向かった。彼が「ご婦人」という言葉を使ったのが少々引っかかったものの、おそらくケイティだろうと見当をつけていた。ところが、ロビーの一角を遮るように並べられた鉢植えを回り込むと、立ち上がって挨拶したその人は見知らぬ女性のようだった。黒のドレスに身を包み、暑い日なのに顔の前を厚いヴェールで覆っている。私が近づくと、ヴェールを上げた。なんとその人は、リンダ・トレヴォートンだった。

「トレヴォートンさん！」驚きのあまり、思わず声が大きくなった。

私が言葉を継ぐ前に、先に彼女が口を開いた。

「ダヴェンポートさん」わずかな時間も言葉も惜しいと言わんばかりに、前置きなく本題に入った。「どうして義理の息子リチャードのために動いていらっしゃるんですの？　息子は何のためにあなたを雇ったのかしら」

この言葉に、私はさらに驚いた。

「いや、私は彼に雇われたわけじゃありませんよ。昨日の午後以来、リチャードとは会っていませんし、話もしていません」

リンダは探るような目で私の顔をしばらく見つめた。その表情から、私の言葉を信じたようだった。

「リチャードのために動いていないのなら、あなたのお力添えは必要ないとゆうべお話ししたにもかかわらず、ここで何をしていらっしゃるの？」

その問いに対する答えは、まだ用意していなかった。キンケイドからは、われわれの関係を秘密にするかどうかについて何も言われていなかったが、きっと他人に知られたくないはずだという気がした。特にリンダには――。

「今日、ある人にも言ったんですが」彼女をじっと見ながら答えた。「一度引き受けた事件は、終わったと納得するまで放り出すのが嫌な質《たち》でしてね」

最初は怒っているのかと思ったのだが、ここへきて、リンダの目をこれほど燃え立たせているのが怒りではなく恐怖だということがわかってきた。その瞳を今は伏せ、予期せぬ事態に直面したことを感じ入り唇を嚙んでいる。

「ある人というのは誰なんですの、ダヴェンポートさん」と尋ねたが、表情からすると誰であるかわかっているようだった。そのとおりの答えを私は返した。

「ブルース・トレヴォートンを名乗ってここに宿泊している男です」

「ブルース・トレヴォートン本人、ね」と、リンダは訂正した。

　彼女がさらに言葉を続けるのでは、と少しのあいだ待った。ほかに私が何を言ったか、あるいは彼から何を聞いたか訊かれると思ったのだ。だが黙ったままなので、こちらの手の内を見せて反応をうかがうことにした。

「いいですか、トレヴォートンさん。あなただってわかってるはずだ。このクレイモア・ホテルにいる男はあなたの夫ではない、とね！　それなのにあなたは、どういうわけかそう言うことを恐れている。嫌なら理由はお訊きしません。だが、明らかに偽者だとこの私でも証明できるのに、彼に脅されて金を差し出すのであれば、お力にはなれません」

「証明ですって？」リンダは視線を私に戻して訊いた。「どうやって？」

「すでに、彼がトレヴォートンではないと証言してくれる方を一人見つけました。それに彼が姿をくらましていたときの説明で、少なくとも一部は嘘だったという証拠もつかみました。それだけじゃない。一両日中には彼がブルース・トレヴォートンでないということばかりか、その正体まで突き止めることができるでしょう。たとえあなたのお力添えがなくてもやってのけましょう。

あなただってそれを望んでいるんじゃありませんか」

リンダは私の問いには答えず、ソファに座り直すと私にも隣に座るよう手招きした。

「それで、彼の正体は誰だと思ってらっしゃるの？」と、彼女は尋ねた。

「映画でご主人の代役を務めていた、エメット・ラムジーです」

それに対するリンダの反応は意外なものだった。気絶するのではないかと思うほど顔色が真っ青になったのだ。ベルボーイに水を持ってこさせようと腰を浮かせかけた私の腕に手を置いて、彼女が止めた。

「いえ、いいの」私の行動を察知したように言う。「大丈夫——少し休めばおさまります」目を閉じ、ソファに置かれたクッションに背を預けて息を整えた。私は黙って待った。

数秒後、リンダは再び目を開けた。

「どうやら、あなたは私を助けてくださろうとしているだけのようね、ダヴェンポートさん」痛々しい笑みを浮かべたが、唇は震えていた。「ご厚意には感謝します。でも、このホテルにいるあの人が本当に夫だという私の言葉を信じていただきたいんです。彼を偽者だと証言すると言っている人は、勘違いしているか、わざと嘘をついているんですわ。死んだと思われていた二カ月間の消息についての説明のすべてが真実でなかったからといって、彼がブルースではないことにはならないでしょう」私のほうに体を寄せ、再び腕に手を置いた。上着とシャツの袖越しでも、氷のような手の冷たさが伝わってくる。「お願い」と、リンダは懇願した。「これ以上、彼が偽者だと証明なさらないで。そして何より、この件にラムジーさんの名前を持ち出さないと約束してください」

　そんな約束をするわけにはいかなかった。ポケットにはキンケイドから受け取った二十五ドルが入っているのだ。たとえその金がなかったとしても、果たして約束したかどうか。解決していない事件から降りるのは嫌なのだと、彼女にもトレヴォートンにも言ったが、あれは決してその場しのぎの嘘ではない。といって、すげなく断るのもよろしくなかろう。とりあえず、ここは適当にごまかすことにした。

「今は、動揺して神経が過敏になっておいでのようだ。ご自身のために最善の方法を決断する精神状態ではないようです。この場で私に約束させて、あとで後悔することになるといけませんから、ひとまず丸一日考えてみてはどうでしょう。それでもなお私に事件から降りてほしいのなら、そのときに話し合いましょう。それまではこれ以上の調査はしないとお約束します。ブルース・トレヴォートンについても――それから、エメット・ラムジーに関しても」

　リンダはこの取引に少しも納得していないと言いたげな顔をしていたが、さしあたり私から引き出せるのはそれが精いっぱいだと承知したようだ。

「わかりました、ダヴェンポートさん」と頷いて立ち上がった。「でも、一日考えても何も変わらないと思いますわ。だって、何度も申し上げているとおり、あの人はブルース本人で、私の夫であることに間違いないんですもの。いくら考えたって、その事実は変わりません」

　そう言うとヴェールを下げ、くるりと背を向けた。ホテルの玄関まで一緒に行って、タクシーが必要なら呼んであげようと思い、あとについて歩きだそうとしたそのとき、こんもりと並ぶヤシの向こう側に、私たちが話しているあいだに何者かが大きな安楽椅子をそっと引き寄せ、そこに座っていることに気がついた。椅子の背もたれの上へ立ち上る煙草の煙が見えたのだ。リンダのことは放っておき、その人物が誰なのか確認しようと、ゆっくりと回り込んだ。

　そこには、長い琥珀製の巻き煙草用のパイプを吹かす男が座っていた。私を見るとパイプを口から離し、まさに映画の悪役を思わせる、傲慢な、それでいて媚《こ》びるような笑みをわざとつくってみせた。それは、ブルース・トレヴォートンだった。

第八章

私は、驚いたことを悟られてトレヴォートンを悦に入らせたりはしなかった。代わりにこちらもにやりと笑い、そこにいたことはずっと知っていたのだという顔をした。巻き煙草用パイプを口に戻したトレヴォートンの目には、本当に私が気づいていたかどうかを推し量ろうとする色が浮かんでいた。

部屋へ戻ろうと、前を横切りエレベーターに向かった。が、階表示が五階になっていたので、待つのはやめて階段にした。私の部屋は二階だから、エレベーターが下りてくる前に着いてしまうと思ったのだ。

〈クレイモア・ホテル〉の階段はエレベーターを囲むように設置されている。エレベーターの右側を上がると踊り場があり、そこを折れるとエレベーターの左側へと階段が続いている造りだ。あと二段で上りきるところまで来たとき、靴紐が緩んでいることに気づき、結び直すために立ち止まった。だが結び目がなかなかほどけずに手間取り、階段の上で屈み込んでいると、上階から駆け下りてくる足音が聞こえた。誰かがロビーに下りていくのだろうと思い、通れるよう片側に寄ったのだが、足音は近づかず二階のフロアへ向かっていった。ちょうど一階へと空のエレベーターが下りていったので、その音のせいで、足音の主がどこかの部屋に入ったかどうかまではわからなかった。しかし私は、おそらく部屋に入ったのだろうと判断した。一、二秒後に二階の廊下に踏み出したとき、誰の姿もなかったからだ。

〈クレイモア・ホテル〉の二階で起きていることに関心を抱く理由もなく、そのときはなんとも思わなかった。私の頭は、まだリンダとの会話のことでいっぱいだった。

その朝トレヴォートンと話したときは、彼を夫だと主張するリンダの話を信じかけていた。しかし本当にそうだとしたら、私がエメット・ラムジーの名を挙げたとき、なぜ彼女は気絶しそうなほどに怯えたのだろうか。どうにも筋が通らない。

キンケイドに電話をして最新情報を報告すべきだろうかと考えながら、部屋の鍵を開け、中へ入った。それに、彼に訊いておくべきだったこともあった。ラムジーとは面識があるのか、だとしたらもう一度会えばわかるのか、ということだ。

電話に手を伸ばし受話器を上げかけたそのとき、ふと手を止めた。隣のトレヴォートンの部屋で物音がしたのだ。私は受話器を戻した。壁は薄く、ロビーで彼がしていたようなリスクを冒さなくても充分に聞こえる。

そう思ったとたん、私ははっと顔を上げた。もしトレヴォートンが階下のロビーにいたのなら――間違いなく彼はロビーにいた、ほんの五分前にこの目で見たのだ――隣の部屋で動きまわっているのは、彼のはずがない。誰か別の人間だ。

別の人間――何者だ？　心当たりを思い浮かべてみた。キンケイドは除外できる。今回は車で彼の家に行ったのだから、私より先にキンケイドがホテルに着けるはずがない。リンダも違う。二階に上がってくる直前、彼女がホテルのロビーを出ていくところを見た。

ケイティはどうだ？

午後話したとき、ケイティはトレヴォートンを名乗る男が本物かどうかはっきりしないようだった。だが、遺言書に書かれた自分への金を手に入れるため、偽者だと証言するつもりでいる。だから、リンダが彼を夫と認めたという私の話を聞いて不安になったのかもしれない。今まさにトレヴォートンの部屋で、自分に有利になるものを探しているということはないか？　大いにあり得る。私は確かめてみることにした。

そっとドアを出て、トレヴォートンの部屋まで廊下を忍び足で五、六歩進んだ。私を袖にして立ち去る前に、二つ三つケイティに訊いておきたかった質問もある。何の用もないトレヴォートンの部屋にいるところを押さえれば、その状況を利用して答えを引き出すことができるかもしれない。

手のひらでドアノブを包み込み、慎重に回す。いっぱいに回し、中へ向かって思いきり押した。

「よし、ケイティ。そこまでだ――」

そう言いかけて口をつぐんだ。見えると思っていたものが見えなかったからだ。実際、何も見えなかった。室内は真っ暗闇だったのである。

驚きのせいで、通常の感覚が奪われてしまったらしい。ぽかんと口を開けてばかみたいに立ち尽くし、狙ってくれと言わんばかりに、明るく照らされた廊下を背に立っていたことをすっかり忘れていた。しかし、それも一瞬のことだった。次の瞬間、何か堅いものが脳天に打ち下ろされ、ヒューズが飛んだように気を失ってしまったのだ。

意識を取り戻したときには、冷たく濡れたものが顔にかかっていた。部屋には明かりが灯っている。閉じたまぶたの裏からでも、それが感じられた。片目を開けて見上げた。

ブルース・トレヴォートンが私を覗き込んでいた。水の入ったコップを持ち、もう一方の手で私の顔に水をかけている。私が気がついたのを見て手を止めた。

「ダヴェンポート」トレヴォートンが気取った口調で話しかけた。「こんなに早く訪ね返してくれたのには感謝するが、まさか入り口でのびているとはな。何があった」

起き上がろうとしたが脳天がぶっ飛びそうになり、やっとのことでもう一度寝転がった。

「誰かがこの部屋にいたようなんだ」うめき声を抑えながら答えた。「その正体を確かめに来たんだが、相手に先手を打たれてしまった」

「じゃあ、そいつの姿は見ていないのか」トレヴォートンは落胆したようだった。

「ああ」

もう一度体を起こしてみると、今度はなんとかなったが、部屋がぐるぐる回るのがおさまるまで、しばらくそのままの姿勢を保たなければならなかった。

「どのくらい気を失っていたんだろう」トレヴォートンを見上げ、彼の姿がひと所に止まっているのがようやく確認できるようになって、私は尋ねた。

「せいぜい五分程度だと思う。煙草を吸い終わってすぐに君を追って上がってきたら、私の部屋の戸口で、ドアマットのように伸びているのを見つけたんだ」

「廊下で誰か見かけなかったか」

トレヴォートンは首を振った。「いや。君を襲った犯人とはすれ違わなかった。だが、何者なのか見当はつく」

「ほう？」私は続きを待った。

トレヴォートンは、例の意地悪げな薄笑いを浮かべた。「ロビーに座って、君と妻の興味深い内緒話を恥ずかしながら盗み聞きしていたとき――盗み聞きをしていたことは潔く認めるよ――息子のリチャードがエレベーターに乗って上階へ上がるのを見かけたんだ。あいつの性格を考えれば、私がいないあいだに勝手に部屋に入って、そこへやってきた君の頭を殴ったとしてもおかしくない。ただ、そもそもなぜ部屋に入れたのかがわからない。フロント係がそんなに簡単に部屋のキーを渡すとは思えないからな」

それはない、と私も思った。フロント係を信用していたからではなく、リックがそんなことをするとは考えられなかったからだ。こっそりトレヴォートンの部屋に入りたかったなら、口の軽いフロント係におおっぴらにキーを要求するなどという愚かな行為をするはずがない。そのとき不意に、靴紐を結んでいるときに聞いた、階段を駆け下りてくる足音を思い出した。そこで、あることを思いついた。

「頼んでもいいか」と、私はトレヴォートンに言った。「フロントに電話して確かめたいことがある」

彼に支えられて、よろよろと電話まで歩いた。

フロント係と話すと、思ったとおりだった。リックは夕食時にホテルに現れて五階の部屋を取った。荷物を一つ持って上がったあと、再び下りてきてダイニングに行った。

四十五分くらいしてダイニングから出てきて――ウエイターの話によると、私がホテルに入って間もなくの、リンダと話しているあいだのことだったらしい――エレベーターで自分の部屋へ上がった。しかし、取って返すように再びロビーに下り、うっかり室内に鍵を置いて出てしまい、中に入れなくなったのでマスターキーを貸してほしい、と話をでっち上げた。彼と面識のあったフロント係は、ベルボーイを付き添わせずにマスターキーを渡した。するとリチャードは、それらしく見せるためもう一度五階へ上がり、エレベーターを出るやいなや階段で二階まで駆け下り、マスターキーを使って易々とブルース・トレヴォートンの部屋のドアを開けて入ったのだ。

前半はフロント係から聞いた話だが、後半は、こういうことに慣れている私の経験から導き出した推理だった。私はその推理をトレヴォートンに説明した。

トレヴォートンは含み笑いをした。「なかなかやるじゃないか。リチャードにそんな頭があるとは思わなかったな。軍隊じゃ策略の練り方も教えるらしい」

「それ以外にも、いろいろ教わるぜ」

彼が眉を上げた。「人の殺し方、とか?」

そこまでは考えていなかった――実を言うと、特に何も想定していなかったのだ――が、せっかくなので便乗することにした。

「かもな。私を殴った凶器は、リボルバーの台尻のようだった」

トレヴォートンは黙ったままだった。

「リックがあんたをつけ狙っている可能性はないのか」と、私は訊いた。

トレヴォートンは、さも可笑しそうに笑った。「あり得ない！　なぜ、そんなことを？」

「それは、あんたのほうが詳しいだろう。ただ、ふと思いついたんだ。私たちは背格好がほぼ同じだ。明かりを背に戸口に立っていた私を、あんたと間違えたのかもしれない」

この考えを相手が吟味するのを待った。さりげなく私の体型を自分と比べている様子を見て、合点がいったことは察しがついた。すると、トレヴォートンが再び笑いだした。が、今度の笑い声は、さほど可笑しそうでも自信がありそうでもなかった。

「ばかげてる。リチャードが私を殺しにここへ来るなど、あるはずない」

「じゃあ、何しに来たんだ」

トレヴォートンは肩をすくめた。「きっと、この二十四時間、君が探していたのと同じものを探しに来たんだろう。つまり、私がブルース・トレヴォートンではないという証拠さ」

「見つけたと思うか」

しかし、この引っ掛けには乗らなかった。

「見つかるはずないじゃないか。ありもしないものをどうやって見つけるというんだ」

「リックがあんたのことを父親ではないと思っているのなら、わざわざ部屋を探ったりしないで、直接会いに来て確かめるほうが手っ取り早いだろうに」

この言葉に、トレヴォートンは笑みを浮かべた。「リチャードを知らないから、そんなことを言うんだ。私の息子は、いつだって物事を難しくしたがるやつでね」

私はポケットから煙草の箱を出し、一本取り出して口にくわえた。「だとしたら」ライターで火をつけながら煙草越しに相手の顔を観察する。「リックは、ケイティ・ジェンキンスと話せばいいのに」

トレヴォートンの顔色が変わった。「ケイティと話したのか」気持ちを抑えられずに強い調子で訊いてきた。

「ああ。といっても、ケイティは嘘つきだから、信用していいかどうかわからんがな」

彼の目に浮かんだ表情からすると、ケイティが私に自分のことをブルース・トレヴォートン本人だと言ったのか、そうではないと否定したのかわかりかねているようだ。それが私の狙いでもあったので、そのまま曖昧にしておくことにした。

「ちょっと手を貸してくれないか」話しているあいだずっともたれかかっていた電話台の縁から体を離し、私は言った。「部屋に戻るよ。頭が猛烈に痛むんで薬を飲みたい」

私の肩に腕を回して支え、廊下を歩いて部屋のドアまで連れていってくれた。

「何か持ってきてほしい物はあるかい？」立ち去る前にトレヴォートンが尋ねた。

「いや、いい」私は答えた。「アスピリンを二錠飲んでぐっすり眠れば直る。朝にはよくなってるさ」

「そうか。では、楽しい夢を……」と、トレヴォートンが言った。まるで、不気味に軋むドアの音で終わるテレビ番組『インナー・サンクタム・ミステリーズ』の締めくくりのナレーションのようだった。部屋へ入っていった彼の背後で、ドアの軋む音が聞こえたような気がした。

第九章

トレヴォートンがいなくなると、私はよろよろとバスルームへ向かい、グラスに水を汲んでアスピリンを二錠口に放り込んだ。それからベッドルームへ戻り、上着と靴を脱いでベッドに体を投げ出した。頭はずきずき痛んだが、だからといって落ち込んでいる暇はないし眠るつもりもなかった。今頃トレヴォートンは私がケイティについて話したことを真剣に考えているはずで、だとすればきっと次には、彼女が私に何を話したのか確かめるため、本人と連絡を取ろうとするだろうと確信していたからだ。そのときにはなんとしてもそばにいて、話の内容を盗み聞きしたかった。

隣の部屋で受話器を取り上げる音を聞き逃すまいと、横になったまま片耳をそばだてた。だが、一時間近く経っても何も起こらない。ターゲットが取るであろう行動を読み違えたかと不安になり始めたとき、突然、私の部屋の電話が鳴った。受話器を取り、「もしもし?」と送話口に向かってぶっきらぼうに応えた。

すると、驚きの展開が待っていた。

「ダヴェンポートさん、私、ケイティよ」と、ウエイトレスの声が耳に聞こえてきたのである。

興奮しているか、あるいは急いでいるように聞こえたが、いずれかは判断がつきかねた。「どうしても、あなたと話したいの」

「今まさに話してるさ」と、私は言った。「何だい？　その話とやらを聞こうじゃないか」

しかし、彼女が望んでいたのはそういうことではなかった。

「電話では話せないわ。直接会ってほしいの」

「だったら私の部屋へ上がってきたらどうだい？」と勧めてみる。

それも彼女の意向とは違ったらしい。

「そんなのだめよ」と、ケイティは答えた。「ホテルにバレたら、クビになっちゃうわ。それに――」その続きの言葉は濁し、代わりに自分の提案を口にした。「今、隣のブロックにあるドラッグストアにいるの。店の前で拾ってもらって、車でどこか郊外に行くのはどうかしら」

「もうルイズは嫌だぜ。さっき、あんな出来事があったあとじゃな。だろ？」

「あの件はごめんなさい、ダヴェンポートさん」心から謝っているような口調だ。「あなたが、すでにいろいろなことをつかんだうえで私に喋らせようとしているんだって気がついて、気が動転してしまったの。でも、もうあんなことはしない。今度はちゃんと協力するって約束するわ」

「いいだろう。じゃあ、五分後にドラッグストアの角で」

電話を切り、靴に手を伸ばす。上着を着かけたところでトレヴォートンのことを思い出したが、私がそばにいるかぎり彼がケイティと連絡を取り合えるわけはないから、気にしなくてもいいだろう。それに、とりあえずケイティと話すのが優先事項に思える。今の電話での話しぶりからすると、私が訊きたい質問にきちんと答えてくれそうだ。

五分後、彼女が待つ交差点にレンタカーのクライスラーを寄せた。さっきと同じセクシーな黒い服に燃えるような赤い口紅を差しているが、前回の挑発的な態度は影をひそめていた。歩道を横切って助手席に乗り込むときに腰を振ってみせることも忘れている。

車を発進させても黙ったままで、私も何も言わなかった。私が無言だったのは、少し後ろに一台の車が停まっているのがバックミラー越しに見えたからだ。偶然という可能性もないではないが、私にはそうは思えなかった。運転席にいるのが誰にしろ、私たちのあとを追うつもりだろうという予感がしたのだ。

二ブロックほど真っすぐ進んだあと交差点を左に折れると、後ろの車も左折した。

「私と会うことを誰かに話したか」と、助手席に座るケイティに尋ねた。

その声に驚いたかのように、私の腕に触れている肩が震えているのがわかった。

「いいえ」と答え、また物思いに沈む。

「私と電話で話しているのを誰かに聞かれた可能性は？」

「いいえ」と再度答えて、特に興味を引かれたふうもなく訊いた。「どうして？」

「どうやら私たちをつけてきている車があるからさ」

ケイティが慌てた様子を見せた。肘をついて振り返り、後部窓から後ろを見る。

「なんてこと！　ほんとだわ！」と、怯えた声を出した。

「心当たりは？」

すぐには答えなかったが、やがて合点のいく返事をした。

「リック・トレヴォートンの車みたい。この町で運転席が右なのは、彼の車くらいだもの。遠くてよく見えないけど、リックだとしたら心配することないわ。あなたにしようと思っている話は、むしろ彼にも聞いてもらいたいから」

「なら、リックも招待してやるとしよう」ケイティが何を考えているのかはわからないが、トレヴォートンの息子が彼女の話を聞いてどういう反応を見せるか確かめてみるのも面白そうだ。

次の交差点の手前に差しかかるのを待ち、急ブレーキをかけた。後ろの車は同じように止まるか、私の車を追い越して走るしかない。そして、どうやら後者を選択したらしかった。

「よう、リック！」横に並んだとき声をかけた。「一緒にどうだ」

一瞬リックがこちらを向き、傷痕のある無表情な顔が見えた。が、次の瞬間、アクセルを踏んで走り去っていった。

「まあ仕方ないか」と、私もブレーキに置いていた足を離した。

ケイティは無言のまま、また何やら考え込んでいるようだった。だが、つけられていると最初に教えたときのような怯えた様子は消えていた。もしかすると別の誰かに尾行されていると思って怯えていたのかもしれない。もしそうなら、いったい誰なのか。

「どこか飲める場所に連れていこうか」少しして訊いた。

即答したところを見ると、思ったほど何かに気を取られていたわけでもなかったらしい。

「いいえ。二人の顔が知られた所に行きたくはないわ——少なくとも私の知り合いがいる場所はだめ。このまま走って、郊外に出た辺りで車を停めて。そのほうが安全だわ」

言われたとおりに運転しながら、ケイティが私に話さなくてはならないこととは何なのか、ますます興味が募った。一つだけはっきりしているのは、ブルース・トレヴォートンに関する話だろうということだ。いや、私はまだ本人かどうか断じかねているのだから、正確にはブルース・トレヴォートンを名乗る男だ。それにしても、彼女が持っている情報がその様子から察せられるほどに重大なものなら、なぜ警察に駆け込まないのだろう。

その答えを考えてみた。余計なことに巻き込まれるのを恐れて警察には行きたくないといったところか。あるいはケイティ自身が何かしらの犯罪に加担しているのかもしれない。その両方のような気もする。

だが、私がどちら側の人間か定かではないのに、あえて私のもとへ来たのはどうしてなのだろう。面倒に巻き込まれないかぎり、自分がどう関わっていようが気にせず、とにかくトレヴォートン家を困らせようという腹なのか。そういう気持ちもあるかもしれないが、それだけではないはずだ。ケイティは何かを恐れている。一時間ほど前にホテルのロビーで話したときのリンダほどではないにしても、怯え方は半端ではない。誰かに敵意を抱いているようにも見えるが、同時に、打ち明けて重荷を下ろしたいことがありそうだ。

車はほどなく町を離れ、広々とした郊外に入った。主要道路につながる人目につかなそうな通りを見つけ、その道へ曲がって車を停めた。

「さあ、お姉さん。ここなら鳥と蜂以外、誰もいない。もう話してもいいだろう」

伏せた睫毛《まつげ》のあいだからこちらを見上げたケイティの顔を見て、鳥と蜂のくだりに対する洒落た切り返しを考えているのかと思ったのだが、今回はおふざけよりもビジネスを優先しようと決めたらしい。彼女の場合、逆のほうがいいような気もするが。

「ダヴェンポートさん」すらすらとよどみなく喋りだしたところをみると、ここまでの道のりで、どう話を始めるか算段してあったようだ。「さっき話したことは嘘なの。ブルース・トレヴォートンの名でホテルに泊まってる男が偽者だと証明できる、って話。きっとあなたもお見通しなんでしょう?」

私は頷き、続きを待った。

「リックがそのかしたっていうのは当たってるわ」と、ケイティは認めた。「あの男がブルースじゃないと証明できるってあなたに信じさせないと、ブルースが遺言書に書いてくれたお金を受け取るのは無理だって言われたの。私、あのお金がどうしても欲しいのよ。だってそうでしょ、あれは私のお金なんだもの」

ケイティのそういうところは、私は嫌いではなかった。ありのままの自分を決して偽ろうとはしない。トレヴォートンが彼女に惹かれたのは、まさにそういうところだったのではないかとも思う。長年ハリウッドにいたトレヴォートンにとって、ケイティの正直さは新鮮だったに違いない。

「手に入るはずだったのよ」と、彼女は続けた。「ブルースが死んだままでいてくれたらね。でも、私に権利のあるお金をこんな汚いやり方で騙し取られてたまるもんですか。だからリックに言われたとおり、あなたに会いに行ったの。たとえ本当は証明できないとしても――」

徐々に興奮してきたようだった。私が手伝ってやらないとなかなかそこから抜け出せそうにないので、ひと押ししてやることにした。

「わかったよ。それは、もう聞いた。証明できないことを伝えるために、わざわざこんなところまで私を連れ出したわけじゃないだろう。そんなことならホテルでだってできるもんな。さあ、本当のところはどうなんだ。君はどの程度首を突っ込んでいるんだい？ 警察に行くのをためらっているのは、関わってはいるからなんだろ？」

最後の質問は何気なく口から出たもので、ケイティがそれによってどれほど衝撃を受けるかは計算していなかった。シルクをピンでこするような、小さな軋み音を漏らすと、まるで私にビンタでも食らったかのように、いきなり体を横に動かした。

「関わってなんかいないわ！」と抗議した彼女は、車が尾行されていると告げたときのように恐怖に駆られた表情になった。しかし今回は別の理由なのではないかと、私は思った。「神に誓って違うの、ダヴェンポートさん。信じて！ 今起きていることに私は何の関わりもないし、殺人に関係するとわかっていたら、首なんか突っ込まなかったわよ」

今度は私が跳び上がる番だった。

「殺人だって！」思わず声が上ずる。「しかし、トレヴォートンの死は不慮の事故だったはずじゃ……。おい、ケイティ、まさか彼の溺死が単なる事故ではなく、計画殺人だと言うのか」

興奮のあまり少々勢い込んでしまった。ケイティは体こそ動かさなかったが、凍りついたその態度が、二人のあいだを千マイル以上隔ててしまったのは間違いなかった。

「そうは言ってないわ」と、彼女は言葉を濁した。「それに、私を巻き込まないって約束してくれなきゃ、これ以上何も話さない。あの湖での出来事に私は関係ないわ。遺体が発見されるまで、実際に何が起きたのか全然知らなかったんだから」

すでに私は、何でも約束する気になっていた。

「いいだろう。君が関与していない事柄については、一切責任を問わないと確約しよう。その代わり、本当のことを何もかも包み隠さず話してくれ。いいな、ケイティ。いったい湖で何があったんだ」

ほの暗い車内灯の下で彼女を一心に見つめながら話していたため、後部座席で体を起こした黒い人影が目に入らなかった。その存在に気がついたのは、リボルバーの台尻が私の後頭部に振り下ろされたときだった。そして私は、その晩二度目の失神をしたのだった。

第十章

潮の満ち引きのように寄せては引く痛みの波の中で、私はどうにか意識を取り戻した。後頭部がふわふわと空中に浮かんで脳みそがむき出しになっているような気がする。

目を開けようとしただけで頭が猛烈に痛む。痛みのせいで思考が停止し、最初、自分がホテルのトレヴォートンの部屋にいると勘違いした。気を失う直前、女性の悲鳴を耳にしたような微かな記憶がある。だが、トレヴォートンの部屋で女性が何をしているのだろう。さらに言うなら、なぜ彼の部屋に車があるんだ？

そこでようやく思い出した。私はホテルを出てケイティと郊外まで車を走らせ、二カ月前トレヴォートンの湖畔の別荘で何があったのかを聞き出す寸前だったのだ。私が聞いた悲鳴は彼女のものだったに違いない。

そう思ったら急激に霧が晴れてきた。ケイティは今どこにいる？　あまりの痛みにまたもや気絶しそうになりながらも、彼女が助手席にいるかどうか確かめようと懸命に頭をそちらに向けた。

彼女はそこにいた。が、もはや周囲に興味を持てる状態ではなかった。詰め物の一部を取り除かれたぬいぐるみのようにシートに沈み込み、頭がだらりと横に垂れていた。喉に開いた切り傷と、そこから白い首と黒いシルクのドレスにギトギトと赤く流れ出ているものを見るまでもなく、何が起きたのかは明らかだった。そして私は、再び気を失った。

次に気がついたときには、ベッドらしきものに横たわっていた。消毒剤の臭いで病院だとわかった。白衣をまとった医師が屈んで脈を取っている。私が意識を取り戻したのを見て、私からは見えない誰かに肩越しに呼びかけた。

「少しでしたら尋問してもかまいません」と、医師は言った。「でも疲れが見えたら、すぐにやめてください。まだかなり弱っていますから」

医師が脇によけ、話しかけていた相手が見えた。その人物は、ベッドの近くにある高く垂直な背もたれの椅子に座っていた。くたびれた暗い目と突き出た下顎。風貌は巡回牧師の文書整理係のように見えるが、なぜか私には私服刑事だとピンときた。こちらが見ていることに気づくと、椅子をベッドに少し引き寄せた。

「気分はどうだ、ダヴェンポート」

「最悪だ」と、私は答えた。「どうして私はここにいる？　そして、あんたは誰なんだ」

「殺人課のライリー警部補だ。パトカーがお前さんを見つけて、ここへ搬送したのさ。何が起きたか、事情はわかっているのか」

ライリー警部補は私の話に熱心に耳を傾けた。「じゃあ、お前さんを殴って女性を殺した犯人を見ていないんだな」話し終えた私に訊いた。

見ていない、と伝えた。

「そうじゃないかとは思ってたよ。おそらく犯人は、ホテルを出たときから車の後部座席に潜んでいたんだろう。ひざ掛けが乱雑に床に落ちていた。それをかぶって隠れていたんだな。まあ、お前さんの頭蓋骨が頑丈でよかった。どうやら犯人は二度殴ったようだ」

「それは違うな。一回目のは今晩早くにやられたものだ」

その言葉に、彼のくたびれた目がやや大きくなった。「話を聞かせてもらおう」

私は事の次第を説明した。

「そのときの犯人に心当たりは？」

「確証はないが、ブルース・トレヴォートンの息子のリチャードだと思う」と言って、その根拠を伝えた。

ライリー警部補は納得したように頷いた。「ところで、ケイティ・ジェイキンスが殺される前に話そうとしていたことだが、彼女は、ホテルの男がブルース・トレヴォートンなのか、あるいはそうじゃないのか口にしたか」

偽者だと言っていたと答えかけたとき、ケイティが実際に話したのは、彼が偽者と証明できないということだったのを思い出した。ライリーにそう説明する。

「でも、彼女はやつが偽者だとわかっていたんだと思う」と、私は話を締めくくった。「ケイティは最後に、殺人に関係することになるとわかっていたら、湖での出来事に関与したりはしなかった、遺体が見つかるまで何が起きたのか全然知らなかった、と言っていた」

ライリーがまた頷いた。「その言葉が死刑執行令状になったのかもしれんな。もしトレヴォートンを殺害した犯人が――むろん、彼女の言うとおり、トレヴォートンが殺されたのだとすればの話だが――後部座席に隠れていたとしたら……そうだ、もう一つ大事な質問を思いついたぞ！お前さんがケイティと会うことを知っていたのは誰だ」

「誰もいない」と、私は答えた。「ケイティが通りの向こうのドラッグストアから電話してきたとき、私はホテルの部屋に一人きりだった。彼女も、誰にも話していない。直接確認したから確かだ」

「どうしてまた、確認しようと思ったんだ」

私は、われわれを尾行していたと思《おぼ》しき車について説明した。

その車を運転していたのがリックだったと話すと、ライリーの目に興味深そうな色が浮かんだ。何も言わなかったが、あとで考えるべく頭の隅にしまい込んだのは間違いなかった。

話し終わると、ライリーはしばらく下唇を嚙んでいたが、やがて口を開いた。

「ポケットに入っていた書類と今聞いた話からして、お前さんがフィラデルフィアの私立探偵で、ブルース・トレヴォートンを名乗る男の調査のためにこの町に来たことはわかった。誰に雇われたんだ？」

「トレヴォートン夫人だ。昨日の朝、長距離電話をもらってね」

「すると、夫人はその男が夫ではないと思っているわけだな」

簡単にイエスかノーで答えられる質問ではないので、答え方を変えた。

「電話で話したときは、そんな感じだった。ところが実際に会ってみると、夫人は考えを変えたと言い、私は何もできなかった」

「それは、いつのことだ」

「昨夜の七時から八時のあいだだ」

ライリーは怪訝そうな表情を見せた。「なのにあんたは、まだここに残ってる。なぜだ」

キンケイドのことを話すべきかどうか迷ったが、黙っておくことにした。事件に携わっている私立探偵は、たとえ相手が警察であってもすべては明かさないものだ。

「夫人がやけに慌てて私をクビにしたのが気になってね。だから、一日かそこら残って様子を見ようと思ったんだ。私にできることがないとも言い切れなかったからな。まあ、その結果、こんなことになってしまったんだが……」

ライリーは再び唇を噛んだかと思うと、唐突に言った。

「今夜ケイティ・ジェンキンスに起きたことが、二カ月前のブルース・トレヴォートンの件とつながりがあるのは明白だ。だから、ケイティの殺害犯を見つけるには、まずトレヴォートンに何があったのかを突き止める必要がありそうだ。今日はもう質問はこのくらいにしておこう。これ以上続けたら、あの医者が怒鳴り込んできそうだからな。だが、明日の朝には話をすべて聞かせてもらうよ。ここを出られるようになったら、私のオフィスに来てくれ。退院許可が出ないようなら、私が出向いてこよう」警部補はベッドから椅子を離して立ち上がった。「承知していると思うが、検死が完全に終わるまではこの辺りにいてくれよ」

私に町を出るなという、彼なりの警告だ。しかし、その点は心配要らなかった。たとえキンケイドから滞在費をもらっていなかったとしても、私の頭を殴った犯人を捜し出すまでこの地を去るつもりはなかった。

ライリー警部補がいなくなると、しばらく横になって今夜の出来事について考えた。ケイティが殺されたのは、私に何か話そうとしていたからだ。そこまでは間違いない。では、ケイティは私に何を話そうとしていたのか。トレヴォートンの殺害の件だろうか。だが彼女は、〈クレイモア・ホテル〉の男に関しては何も証明できないと言っていた。しかし、もし本物のトレヴォートンが殺された事実を証言できれば、ホテルの男が偽者であるという証明になることはわかっていたはずだ。ここでもまた、つじつまの合わない問題が出てくる。

と、そのとき突然、それまで見過ごしていたものが、強烈な印象とともに頭に蘇《よみがえ》ってきた。ケイティは、トレヴォートンが殺されたとは言わなかった。実際には、こう言ったのだ。「今起きていることに私は何の関わりもないし、殺人に関係するとわかっていたら、首なんか突っ込まなかったわよ」。そして、それがてっきりトレヴォートン殺害のことだと思い込んだ私に、彼女は答えた。「そうは言ってないわ」と。

あのときは、自分を守ってくれるという約束を私から取りつけるまで、はっきりした態度を取るのを避けていただけかと思っていたが、実はそうでなかったとしたら！　本当にトレヴォートンのことではなかったとしたらどうだろう。ケイティは「今起きていること」と言っていた。彼女の言う「殺人」が、まだ起きていないように聞こえる。二カ月前の湖での出来事を知っているケイティが、現在ここで起ころうとしている何かに疑いを持っていた可能性はないだろうか。それで私に、自分が巻き込まれずに済むよう、事件を防いでもらうための情報を与えようと考えた、とか。

いや、それはない。ケイティは「遺体が発見されるまで、実際に何が起きたのか全然知らなかったんだから」とも言っていた。殺人が既成事実になっていなければ、遺体は存在しないではないか！　だったら、やはり彼女はトレヴォートンのことを言っていたということになる。

あれこれ考えていたら、また頭が痛くなってしまったので、翌朝ライリー警部補と話すまでは放っておくことにした。彼と話すうちに、何か思いつくかもしれない。

朝になるとずいぶん気分がよくなった。私は、退院させてくれるよう担当医師をどうにか説得した。それでも医師は、あくまでも自分は不本意なのだ、と渋い顔をしていた。病院を出たその足で、ロサンゼルスから電報の返信が届いていないか確認しにホテルに戻った。

返事は来ていた。ロスの友人は迅速な調査をし、かなりのことを調べ上げてくれたようだった。


エメット・ラムジーは約二カ月半前ロスを出た。現在の所在は不明だが、東部に行ったと思われる。姿を消した当時、大金を所持していた模様。四年前ひき逃げ容疑で逮捕されたが、証拠不十分で釈放。それ以外に犯歴はなし。

電報をポケットに突っ込み、警察署へ行ってライリー警部補を探した。ライリーは自分のオフィスにいて、私が現れるのを待っていたらしかった。

「おい、ダヴェンポート、キンケイド医師に雇われたことを、なぜ言わなかった」というのが、彼の第一声だった。答え次第では容赦しないという響きが感じられた。

「訊かれなかったからな」と答え、彼のデスクの向かいに置かれた椅子に腰を下ろした。「それに、昨夜のようにこっぴどく殴られたあとじゃ、余計な情報を自分で思いつける状態じゃなかったさ」

ライリーは小さく唸っただけで、納得したかどうか定かではなかった。

「今朝いちばんに、ジェンキンスの孫娘が殺害された件を新聞で読んだキンケイドがここへやってきた」ライリーは無意識に、私とキンケイドとの関係を知った経緯と私の答えを足し合わせているようだった。「いろいろと興味深い話をしてくれたよ。今度はお前さんの話を聞かせてもらおうか、ダヴェンポート」

そう言いながら、デスクの上に置かれた煙草の箱をこちらに差し出した。昨夜私が話さなかった件は水に流すことにしたらしい。

「どこから始めようか」煙草に火をつけ、私は訊いた。

「トレヴォートン夫人から受けた長距離電話のところから頼む」

そこから話を始め、漏れがないよう気をつけながら、哀れなケイティの最期の時までを順を追って説明した。もし少しでも漏れがあったら、ライリーは目ざとく気づくだろう。彼だって、二度目ともなれば、そうそう見逃してはくれないはずだ。小さな町の刑事とはいえ、決してばかではない。

車の中でケイティから聞いた話に差しかかると、ライリーはしつこく食い下がって何度も繰り返させた。

「ケイティが、ホテルの男がトレヴォートンではないと証明できないと言ったとき――」五度目くらいの話を終えたところで、ライリーが尋ねた。「彼女は、やつが偽者だとわかっているが証明できないと言ったのか、本物だからできないのか、あるいは、ただ単にどちらかわからなかったのか、お前さんはどういう印象を受けた。よく考えて答えてくれ」

　私は考えた。

「それがわかるくらいなら苦労はしないさ」最終的に、そう認めざるを得なかった。「昨日の午後話した時点では、本物か偽者か判断できないのだろうという印象だった。だが、昨夜は自信がなくなった。トレヴォートン本人だとほのめかしたと思うと、次には逆のようにも思えてな。だが考えてみれば」昨晩考えたことを思い出して、私は言った。「本物のトレヴォートンが殺されたことをケイティが知っていたなら、名乗り出た男が偽者だと証明できたんじゃないか」

「そうとも言えん」と、宙を見つめてライリーが答えた。「トレヴォートンが殺されたのを実際は知らずに、殺害を示唆するものに気がついたという可能性もある。とにかく、彼女の言葉を考慮すると、キンケイドの推理は除外されるな」

「推理とは？」

「例のトレヴォートン――本当はラムジーだとキンケイドは譲らないんだが――あの男がケイティを殺したと言うんだ。その場合、トレヴォートンだという主張にケイティが反証してなければ、やつの動機は成立せん。ところが実際には、やつがトレヴォートンなのかラムジーなのか、あるいはまったく別の人物なのか、彼女は反証も証明もできないとお前さんに言っていたわけだから、正体が何者にせよ容疑者からは外れる」

「しかし」ライリーは椅子の背もたれに体を預け、両手の指先を合わせた。「まったく逆のケースも考えてみる価値があるかもしれん。もし、やつが本物のトレヴォートンだとケイティが認めるつもりだったとしたら、彼女を殺す動機を持つ者は誰だ？　トレヴォートンではない、それは明らかだ。夫人でもない。すでに夫だと認めているんだからな。キンケイドの可能性もあるが、確率は低いだろう。一時間前に話したときの様子では、リンダ・トレヴォートンに惚《ほ》れていて、生き返った夫がいなくなってくれることを望んでいるようだったが、そのために殺人まで犯すとは思えない。しかし一人だけ、トレヴォートンが町に現れてからずっと対立した立場を取っている人物がいる。その人物は、お前さんが町へ着くやいなやこの件から手を引かせようとし、昨日の午後にはケイティを使ってトレヴォートンが偽者だと信じさせようとした。そしてそれに失敗すると、トレヴォートンが宿泊している部屋に忍び込んで、彼の不利になる証拠を探そうとした。昨夜ケイティがお前さんといるのを知っていたのは、その人物だけだ。なにしろ車のあとをつけていたんだからな。息子のリック・トレヴォートンだ……」

「ちょっと待った」私は異議を唱えた。「犯人は最初から車の後部座席に隠れていたに違いないと、昨夜あんたが言ったんじゃないか。それだけでリックは除外されるだろう。だって車で私たちをつけていたんだぞ！」

「あのときは、ただ推理を述べたにすぎない。犯人が後部座席に隠れていたという確証はないんだ。リックはお前さんの車をいったん追い越したあとで、再び尾行したのかもしれない。あの暗い田舎道でライトを消して走っていたら、背後にいても気がつかないさ。お前さんの車の窓は全開だった。車を停め、気づかれないように後ろから歩いて近づき、窓から手を入れて――」

「やつが私の頭を殴っているあいだ、ケイティはどうしていたんだ？　犯人が助手席側に回り込んで自分を殺すのを、じっと座って待っていたって言うのか」

「おそらく、あっという間の出来事でどうすることもできなかったんだろう。それに、つけていたのがリックだとわかったあと、ケイティは怖がらなくなったと言ったよな。つまり、まさかリックが自分を襲うとは思っていなかったのさ」

　そこでライリーは椅子の肘掛けを苛立たしげに両手で打ちつけ、「くそっ！」と大声を出した。

「私のこの推理には穴がある。もしケイティの話がリックの殺害動機についてだったなら、彼女にだってそれはわかったはずだものな。しかし、これまで得た情報から考えると、動機がある人間はリック・トレヴォートンだけなんだが」

「リックから、もう話は聞いたのか」と、私は尋ねた。

「ああ。昨夜、病院でお前さんと話したあとでリックをここへ呼んだんだ。車で少しのあいだ尾行したことを認めたよ。それに、一度目にお前さんを襲ったのは自分だということも白状した。だが、聞き出せたのはそこまでだ。トレヴォートンの部屋で何をしていたのかを訊いたら、本物にせよ偽者にせよ、正体を暴く証拠を探していたと答えた。お前さんに話したとおり、例の男が自分の父親かどうかわからないと言っていた。あの麻痺した顔から本心を探るのは難しいんだが、なんとなく嘘はついていないような気がした」

「ケイティをそそのかして、トレヴォートンが偽者だと証明できる、と言わせたことは認めたのか」

「それは訊かなかった。そこでもし否定していれば、ケイティの言葉と矛盾することになるんだがな。まあ、たとえ認めたとしても、われわれがつかんでいない以上、喋らんだろうが」

突如、頭の中にひらめいたことがあり、私を悩ませていた多くの問題の答えがわかったように思った。

「なあ、ライリー！」と、思わず大声を出した。「われわれはケイティがトレヴォートンについて私に話そうとしたから殺されたと考えていたよな。だが、そうじゃないとしたらどうだ。トレヴォートンの背後にいる黒幕のことを話させないためだったのだとしたら――つまり、やつをこの町に送り込んだ人間だ」

ライリーが少しも感じ入った表情を見せないことに、私は驚いた。

「それは、やつが誰かに送り込まれたのが確かな場合の話だ。だが、そうなるとまた振り出しに戻ってしまう。やつを寄越したのは何者か、という疑問だ。これまでのところ、そんな人物は浮かんでいない」

「やつが本物のトレヴォートンだと思ってるような言い方だな」私は少し皮肉っぽく言った。

ライリーは、お得意のくたびれた薄笑いを浮かべた。

「そうでないとは言い切れん」と認めた。「ゆうべ息子のリックと話したあと、やつにも来てもらったんだ。もしあの男がトレヴォートン本人でないとしたら、これまで出会ったことのない頭の切れる嘘つきってことになる。二カ月前、湖で何があったのか、お前さんにしたのと同じ話を私にもしたよ。何か隠しているような気が私もしたが、話の大筋は嘘じゃなさそうだった」

事件の関係者が話すことを何でもかんでも信じてしまうのなら、ライリーが真相にたどり着く見込みは薄い、と私は思った。だがこっちには、そんな彼の姿勢を変えられる切り札がある。私はそのカードを切ることにした。

「あの男がラムジーではなくトレヴォートン本人だと思っているのなら」と言いながら、ロサンゼルスの友人から届いた電報を取り出した。「これを読んでもまだそう思うか、聞かせてくれ」

ライリーは電報を二度、黙読した。読み終わってデスクに置いたその顔には、新たな表情が浮かんでいた。行動を起こすことを予感させる表情だ。

「これはまさに、事件解明の糸口になるかもしれないぞ!」と、興奮した声で言う。「トレヴォートンを名乗るあの男がラムジーだという証明にはならんが、おかげでラムジーかどうか確かめる方法を思いついた。ひょっとすると自白に追い込めるかもしれん」

受話器を取って受付に電話をし、「誰かをクレイモア・ホテルへやって、ブルース・トレヴォートンを連行しろ」と、当直の巡査部長に命じた。「いや、逮捕じゃない。あくまで任意の事情聴取だ」

電話を切ると私に向かって言った。「よければ聴取に同席しないか、ダヴェンポート。やつが到着したら、あることをやってみるつもりだ。うまくいけば素性だけでなく、ほかにもいろいろと聞き出せるはずだ」

第十一章

十分後、トレヴォートンが署に到着した。いつもの気取った歩き方でオフィスに入ると、観客の拍手を待つかのように戸口で一、二秒ポーズを取った。もちろん、誰からも拍手はもらえなかった。

「おかけください、トレヴォートンさん」と、ライリーが促した。「捜査中の殺人事件に関連して、もう二、三お訊きしたいことが出てきましてね」型どおりの質問をするだけだと言いたげな、やる気のないくたびれた口調だ。「ダヴェンポートさんはご存知ですよね」

「ええ、すでに面識があります」と言って、トレヴォートンは私に向かって頷いた。わずかに小ばかにしたようなその頷き方には、私が何を言おうが何をしようが取り合う気はない、という意思が込められていた。椅子を引き寄せ、座って脚を組み、値の張りそうなパナマ帽を両手に持ってライリーの話の続きを待っていた。

「これからお訊きすることはケイティ・ジェンキンス殺害事件と直接関係はないのですが、間接的に関わってくる可能性もないとは言えません。ダヴェンポートさんから、昨夜あなたの部屋で殴られた話を聞きました。あなたは息子のリチャードが犯人かもしれないとおっしゃったそうですね。そのとおりですか」

「はい」と答えながら、トレヴォートンはほかに何を話したのだろうと推し量るような目で私を見た。

「息子さんはあなたの部屋で何をしていたのか、そして、なぜダヴェンポートさんの頭を殴ったのだと思いますか」

この質問にトレヴォートンがどんな反応を示すか注視したが、どうやら想定していたようで、ためらいがちにこう答えた。

「私の身元がはっきりする証拠を探していたんだと思います。どういうわけか息子は、私が偽者だと疑っているようでしてね。ダヴェンポートさんも同じような思い違いをなさっているようですが」それを面白がっているかのように、唇を歪めて小さく笑った。

ライリーの表情からは、面白いと思っているかどうかはわからなかった。

「息子さんと会って話したんですか？　あなたが——戻ってきてから」と、ライリーは尋ねた。

最後の言葉の前で一息おいたのは、わざとのようにも、たまたまのようにも聞こえた。

「いいえ」トレヴォートンは、ばつが悪そうに言いよどんだ。「刑事さんには何もかも正直にお話ししたほうがいいでしょう。十年前に私が再婚してから、息子とはどうもうまくいっていませんでね。だから一昨日町に着いたあと、私の存在を周囲に知らせて、息子のほうから会いに来るのを待っていたんです。でも来なかったので——その、そのままにしていました」

「だったらどうして、リチャードがあなたを偽者だと疑っていることを知ったんですか」

この質問にトレヴォートンが驚いたように思ったが、確心は得られなかった。

「どうやって私が知ったか……」と、トレヴォートンは繰り返した。「そう言われれば、知っているとは言えないのかもしれません。勝手にそう思い込んでいただけで――でも刑事さん、間接的だろうとなかろうと、それがケイティ殺害とどんな関わりがあるのか、私にはわからないんですが」

「わかりませんか」ライリーは素っ気なく切り返した。「ではお教えしましょう。ジェンキンスさんは昨夜、あなたに関する何かをダヴェンポートさんに伝えようとしたときに殺されたんです。われわれが思うに――」

「どうせケイティが、私がブルース・トレヴォートンではないと言おうとしたので殺されたと思っているんでしょう」と、トレヴォートンはライリーの言葉を遮って言った。「まったく、見当外れもいいところだ！　それがどんなにばかげた臆測か、わからないんですか。たとえ彼女がそんな荒唐無稽なことを実際に口走ったとしても、私には恐れる理由はない。だってこの私こそが、正真正銘ブルース・トレヴォートンなんですからね」

ライリーは一分ほど宙に目をやっていたが、やがて弁解するように話しだした。

「トレヴォートンさん、なにもあなたに殺しの容疑をかけているわけじゃありません。それに、あなたが偽者だという意見に同意しているわけでもない。ただ、こういう疑問が出ている以上、はっきりさせるのが私の仕事なんです。捜査のためでもありますが、そうすることによってあとあとあなたの立場が守られるかもしれません。そのためには、あなたの身元を証明する、疑問の余地のない確実な証拠が必要です」そこで一瞬口をつぐみ、すぐにこう切りだした。「指紋採取にご協力いただけませんか」

　相手がためらうと予想していたのだとしたら、ライリーは心底驚いたに違いない。実を言うと、私もそう思っていたので啞然とした。

「もちろん、いいですとも」と答えたのだ。「それに、あとあと私の立場を守るかもしれないという点には一理あると思います。もし本気で私の身元に異議を唱える者が現れたときにはね……」

　そう言いながら私に向けたしたり顔は、嫌な感じだった。結果が自分の有利にはたらくのを初めから知っていて、あからさまに私と依頼人をあざ笑っているかのようだ。

「そうですか、では」ライリーはデスクの引き出しを開け、インクパッドと、警察が公式に指紋採取に使う、各指の指紋がひと目でわかるよう区分けされたカードを取り出した。「トレヴォートンさん、よろしければ私のすぐ後ろに立って右手をお出しください」

　トレヴォートンは何の迷いもなく立ち上がり、言われたとおりにした。ライリーがまず彼の右手、続いて左手の指紋を採取するのを座って眺めながら、私は落ち着かない気分になっていた。この男はやはりブルース・トレヴォートン本人なのだろうか。

「廊下の突き当たりに洗面所があります」指紋採取が終わるとライリーが言った。「どうぞ、そこで手を洗ってきてください」

　トレヴォートンは頷き、ドアへ向かった。ドアを閉めるときも、相変わらずしたり顔のままだった。

私は問いかけるようにライリーに目をやったが、そのポーカーフェイスからは何もわからなかった。すると突然、彼がにやりと笑った。

「そんなにたまげた顔をしなさんな、ダヴェンポート。私の持ち札はまだなくなっちゃいない。やつが戻ってきたらジョーカーを切るよ」

どういう意味か尋ねようとしたのだが、トレヴォートンが戻ってきて立ち聞きされるといけないと思い、やめておいた。

トレヴォートンはすぐに戻ってきた。ライリーは指紋カードに署名をさせ、自分も必要事項に記入した。それが済むと、デスクの下にあるブザーを押した。

「この指紋を無線電送写真で直ちにロサンゼルスに送ってくれ」やってきた私服警官にライリーが命じた。「ロス市警の記録と照合し、できるだけ早く結果を連絡してほしいと伝えるんだ」

ようやく私にも彼の意図がつかめた。だが、その意図に気づかないトレヴォートンは、私服警官が指紋カードを手に部屋を出るときも、満足げな薄ら笑いを浮かべていた。

「言わせてもらいますがね、刑事さん」椅子にふんぞり返り、ほんの少し見下した口調で語りかけた。「時間の無駄だと思いますよ。ロサンゼルスだろうとどこだろうと、私は、警察の記録に載ったことなど一度もないんですから」

「それはそうでしょう」そんなことは、はなから考えていないという顔でライリーが言った。そして先ほど私が見せた電報を、トレヴォートンに見せるべく目の前に突きつけた。「でも、エメット・ラムジーの記録ならあります」

ラムジーの名がここで初めて登場したわけだが、その効果は絶大だった。一瞬、トレヴォートンは完全に無表情になり、その後、当惑し、記憶が蘇り、苛立ち、失望していくさまが、短い時間に次々に顔に現れたかと思うと、最終的に怒りの表情になった。裏をかかれたばかりか、自分から罠にはまったことに気づいて憤慨している顔だ。

「どうしました、トレヴォートンさん」と、ライリーは相手を観察しながら話しかけた。「あなたの代役がロスで四年前、ひき逃げの罪で逮捕されていたのを知りませんでしたか」

「それは知っていますが、すっかり忘れてました」トレヴォートンはポケットからハンカチを取り出し、大粒の汗がにじむ額を拭いた。

ライリーは座ったまま、じっと待った。

ようやくトレヴォートンがハンカチをポケットにしまった。すると、ハンカチと一緒に人格もしまい込んだのかと思うほど、急に先ほどまでとは別人になった。人生最高の演技を終えたばかりの二流役者が、自分はやはり二流でしかないのだと思い知ったかのようだ。

「わかりましたよ」諦めたように肩をすくめ、トレヴォートンが言った。「私の負けだ。私はエメット・ラムジーです」

彼があっさり認めてしまったことに私は少々落胆した。あまりにも拍子抜けだ。とりあえずは否定するものと思っていたのに。

ライリーは勝ち誇った態度は見せず、ゆったりと椅子の背に体を預けていた。

「いいでしょうラムジーさん、お話をお聞かせください」と、ゆっくりした口調で言った。「そもそもあなたは、誰に言われてこの町へ来たのですか。そして、ケイティ・ジェイキンス殺害事件について何を知っているんです？」

トレヴォートン——いや、もうラムジーと呼ぶべきだろう——は、真っすぐにライリーを見つめた。「私はケイティ・ジェンキンス殺しについては何も知りません。信じてください。誰の指示でここへ来たかと言えば、それはブルース・トレヴォートンその人です」

ここへきて、初めてライリーが心から驚きの表情を見せた。くたびれた目が見開き、次には口も大きく開きそうになった。実は私も同じだった。

「何だって！」と、思わず声が高くなってしまった。「ブルース・トレヴォートンは死んだんじゃなかったのか！」

「私が呼ばれたときには生きていたんです」と、ラムジーは答えた。

気を取り直したライリーが、再びその場の主導権を握った。

「最初から話してください、ラムジーさん」と促す。

それに応じて口を開きかけたものの、ラムジーは急に警戒心をにじませた。

「話したことが記録に残されて、あとで不利な証拠になったりするんじゃないですか」

ライリーは首を横に振った。「今は記録に残しません。必要なら、あとで正式な調書を取らせてもらいます」

その言葉にラムジーは安心したようだった。私が証人として立ち会っているので、証拠として記録に書き留める必要がないことには思い至っていないらしい。

「三カ月近く前のことです」ラムジーは語り始めた。「ブルース・トレヴォートンから五百ドルが同封された手紙が届いたんです。手紙には、すぐに東部に来てくれ、ちょっと困ったことになったので助けてほしい、と書かれていました。返事は要らない、来られるなら直接ローレル湖に来てくれ、とありました。車で来てほしいとのことで、行き方も書かれていました。一両日中に出発すれば――待てよ、そうだ。手紙は取ってあるんだった。理由は最後まで話を聞いてもらえばわかります。とにかく、ここにあるので読んでみてください」

ラムジーは、昨日私に金を渡そうとしたときに見せた分厚い財布を内ポケットから取り出した。持ち歩いていたために薄汚れ、皺になった手紙を財布から取り出してライリーに手渡した。

ライリーは封筒の消印にちらりと目をやってから、中に入っていた一枚の便箋を引っぱり出した。ゆっくり文面を読み、再び封筒に入れる。ラムジーに断わることなくデスク越しに私に差し出した。

わざわざ便箋を封筒に入れ直したのは消印に気づかせたかったからだとわかったので、そこに注目した。ラムジーの言うとおり、三カ月近く前にウェインウッドから送られたものだ。中身は、便箋に書かれた短い手紙だった。

親愛なるエメットへ
不徳の致すところだが、困ったことになった。君なら、この事態をなんとかできると思う。

すぐに東部にあるローレル湖の別荘に来てもらえないだろうか。この計画の成功は、いかに秘密裏に行えるかにかかっているので、来られるかどうかの返事は要らない。連絡せずに直接来てくれ。その際、車で来てもらえるとありがたい。

一両日中に出発すれば、来月の頭には湖に着けるだろう。ペンシルバニア州アルトゥーナからの道筋を記した道路地図と、交通費として五〇〇ドルの郵便為替を同封しておく。協力してくれることを信じている。

君の分身、ブルース・トレヴォートンより

便箋を封筒に戻してライリーに返すと、彼はそれをデスクの隅に置き、ラムジーに話の先を促した。

「私が当然、指示に従うものと思っているあたりがトレヴォートンらしいところなんですがね」と、ラムジーは続けた。「実際、私は言われたとおり、五月二日に別荘に到着しました。着いたとき、トレヴォートンは一人でした。ポーチの椅子に女性物のシルクのスカーフがあるのを私が見つけると、女性が一緒だったことを認めました。それが誰だったかは言いませんでしたが、おそらくケイティ・ジェンキンスだったのだろうと思います。

なぜ私を呼んだのか説明されたのは夕食後のことでした。以前、プライベートの旅行などでやったように、数週間、彼の代役を務めてほしいと言うのです。彼が戻るまで別荘に滞在し、町に出かけたり、近所の別荘に顔を出したりして、自分がそこに一人でいることを印象づけてもらいました。

どうしてそんなことを頼むのか教えてくれないので問い詰めると、別荘に来ていた女性と小旅行に出かける予定なのだが、それを誰にも知られたくないのだ、とようやく白状しました。実は私が到着する二、三時間前に、彼女の祖父で気性が荒く、頭の固い狂信者の男が二人のことを嗅ぎつけて乗り込もうとしているという匿名の電話があったそうで、慌てて彼女を帰したらしいんです。翌朝その女性と合流するので、祖父が来たら、私が一人でいるところを確認させようというわけです。そうすればきっと老人は誤解だったと納得して帰っていくでしょうからね。もし奥さんが訪ねてきたらどうすればいいのかと訊くと、そんなことはあり得ないと笑い飛ばし、そのあと真顔になって、キンケイド医師が現れる可能性があるので、そのときはできるだけうまくやってくれと言ってました。トレヴォートン夫妻がハリウッドに住んでいた頃、リンダがキンケイドの話をするのを聞いたことがあったので、彼のことは知っていました。だから、もし本当に来たとしてもなんとかなると思ったんです。

ですが、彼女と出かけているあいだ私に別荘で替え玉を演じてほしいと言いつつも、なんとなくトレヴォートンは何かを隠しているようでした。老人が今にも乗り込んでくるのがわかっているのなら、それまで別荘に残って孫娘がいないことをはっきり示せば済むことではないか、と思ったのもありますが、そもそもトレヴォートンは、キンケイドにケイティとのことを詮索されようがされまいが気にするような男ではない、と長年の付き合いでわかっていましたからね。でも、どうせ尋ねても答えてはくれないと思ったので、あえて問いただすことはしませんでした。それに、別荘にいるあいだ日当五〇ドルを払うと約束してくれたんですよ。それだけもらえるのなら、要らぬ詮索はしないほうが賢明でしょう」

「何を疑っていたんですか」と、ライリーが尋ねた。

「疑っていたわけじゃありません。少なくともあのときは。あとになって疑問に思ったことに関しては、これからお話しします」

ポケットから出した銀のシガレットケースから煙草を取り出し、ケースに備え付けのライターで火をつけた――十回以上映画で見たことのある、ブルース・トレヴォートンと瓜二つの洗練されたしぐさだった。そして椅子にもたれ、鼻から煙をひと吹きして続けた。

「長時間の運転で疲れていたので早めに休ませてもらい、トレヴォートンはそのあともリビングで一服しながら読書をしていました。車が着いた音で目が覚めたのは、十二時近かったと思います。階下にいたトレヴォートンが玄関に向かい、誰かが入ってくるのが聞こえました。最初、例の老人が乗り込んできたのだろうと思い、私も呼ばれるかと身構えていたのですが、声がかからないので様子を見ることにしました。

一時間近くいたでしょうか。話し声は聞こえましたが、何を喋っているかまではわかりませんでした。二人の会話は和やかだったと思います。グラスが触れ合う音や飲み物が注がれる音がしましたから。やがてその人物は帰っていき、トレヴォートンが二階に上がってきたんです」

「客が誰だったか言いましたか」と、ライリーが訊いた。

「いいえ。声はかけませんでした。盗み聞きしていたと思われるのは嫌でしたからね。私が寝ていると思ったのか、トレヴァートンは私の部屋の前を通りすぎ、真っすぐ自分の部屋へ向かいました。とても上機嫌で、着替えながら鼻歌を歌っていました。

ところが翌日の朝食のときになると、少し気分が悪いから出かける前に湖でひと泳ぎしてくると言いだしたんです。気分がよくないうえに食事をしたばかりなのだから、こむら返りを起こすかもしれない、と止めたのですが、トレヴァートンは笑い飛ばして出ていきました。別荘のポーチから、彼が湖に入る姿が見えました。

十五分も経たないうちにトレヴォートンの様子がおかしくなり、私も上着と靴を脱いで湖に飛び込んだのですが、助け出したときには、すでに意識はありませんでした。岸に寝かせて人工呼吸をしましたが、効果はありませんでした――いや、効果はあったのか――実は一瞬ですが意識を取り戻したんですよ。ふと目を開けて、私のことがわかったようで一言二言小さく呟いたあと、痙攣《けいれん》を起こし、数分後に息を引き取りました」

ライリーが質問を差し挟んだ。

「何と呟いたんです？　聞き取れましたか」

ラムジーは吸っている煙草の先に目を落とした。「はっきりとはわかりません。『やられた』、『毒』と言っていた気がしたのですが……」

どうせ信じてもらえないと思っているのか、最後の「毒」という言葉をラムジーは妙に言いにくそうに口にした。そのあとで、急に思いついたように続けた。

「私が次に取った行動は、そのせいだったんです。今思えば愚かな行為でしたが、気が動転していたのでしょう。そのとき頭に浮かんだのは、湖に入る前に気分が悪いと言っていたトレヴォートンが直後に死んだので、毒を盛られたと言いたかったのではないか、ということでした。そう思ったら、前日、私を呼んだ理由について正直に話してくれていなかった気がしてきたんです。彼に何が起こったのかは深く考えませんでした。それより、警察にそのままを話したら、トレヴォートンは溺死ではなく、別の死因があったということになると気がついたんです。そうなれば、自分はまずい状況に置かれるかもしれない。警察が私の話を信じてくれずに、トレヴォートン殺害に私が関わっていると思う可能性だってある。だから、本来なら郡の検死官に知らせるべきだったんでしょうが、私はトレヴォートンの遺体を再び湖に押し戻して、大急ぎでその場を立ち去りました。でも、最初に見つけた公衆電話から保安官に電話をかけて、男性が湖で溺れたようだと通報はしましたよ。私が取った行動は何かの犯罪に当たるかもしれませんが、信じてください、そのときはまったく悪気なんてなかったんです」

ラムジーは口をつぐみ、ライリーを探るように見ていた。

「おそらくあなたは、死体遺棄に問われるでしょうね」まるで関心のない態度でライリーが言った。「だが、それは管轄外なので、私にはどうでもいいことだ。話の先を続けてください」

ラムジーは怪訝な顔をした。

「話の先？　これで全部ですよ。とにかく、私が知っているのはこれだけですけど……」そこで、はたと気がついたらしく、こう続けた。「ああ、そうか！　私がなぜトレヴォートンの名前を使ってこの町へ舞い戻ったかを知りたいんですね。わかりました、お話ししましょう。湖での行動に負けず劣らず愚かな振る舞いだと思われそうですがね。昨日ダヴェンポートさんにお話ししたとおり、私は事故に遭ったのです」その件についてライリーに話したかどうか確かめようと私を見たので頷いてみせると、再び話しだした。「ただ事故が起きたのは、実はダヴェンポートさんにお話ししたより、だいぶ前のことだったんです。病院のベッドに寝ているあいだ時間がたっぷりあったので、自分の行為を振り返るうち、いかに愚かな行動を取ったのか、とあらためて気がついたのです。重大事件の隠蔽《いんぺい》に手を貸したのかもしれないばかりか、旧友を裏切ってしまったような気がして、なんとも後味が悪くてね。

といって、今さら町に戻って私が知っている事実や疑念を警察に話すわけにはいきません。そんなことをすれば、現場に残って話した場合より、いっそう疑われてしまうでしょうからね。それでも、トレヴォートンの死の謎を解くために何かしなければ、とても心が休まりそうにない。彼の死には謎があるはず、という確信がありました。それも、おそらく恐ろしい謎が……。そして、ひらめいたのです。そのときは自分でも名案だと思いました。

この私がトレヴォートンになりすまして戻り、周囲の人間を観察すればいい、と。トレヴォートンの死に関してやましいところのある人物がいれば、きっと言葉や行動に表れるに違いない。そうして私の話を裏づける証拠をつかんだら、そのときは警察に行くつもりでした」

「ちょっと待った、ラムジー」私は話に割って入った。「あんたはこの計画をリンダに話したのか」

「いいえ。最初はもちろん打ち明けるつもりだったんですが、事情が変わりましてね。これから説明しますよ。

ホテルにチェックインするとすぐ、電話連絡がほしい、とリンダ宛のメモをベルボーイに託しました。別の人間の手に渡った場合を考え、差出人の箇所にはトレヴォートンの名で署名せざるを得ませんでした。でも、文面から私の正体がわかるよう工夫したつもりです。

それなのに、あの日の午後会うと、リンダはあたかも私が本物のトレヴォートンだと信じているそぶりを見せたのです。実際どう思っているのかは正直わからなくて、とりあえず何も言わずに様子を見ることにしました」

「夫人は、あなたに会って喜んでいるふりをしたと言うんですか」と、ライリーが訊いた。

ラムジーは、例の皮肉な笑みを口元に浮かべた。

「もし本当に喜んでいたのだとしたら、あえて興奮を抑えたってことになりますね。リンダは、私が死んだのが間違いだとわかってよかった、とひどくよそよそしく言ってから、家に帰りたいのか、それともホテルに滞在したいのか訊いてきたんです。だから私は、ホテルに残ると言いました」

「ほかに何か言っていましたか」

「彼女がダヴェンポートを呼んだことだけです。彼を追い返すよう頼まれました」

ライリーは、質問があるか、という目で私を見た。訊きたいことならある。

「私が町に到着した晩、ホテルの食堂でケイティがあんたにそっとメモを渡すのを見たんだが、あのメモには何が書いてあった？」

「ああ、あれ！」ラムジーは表情をわずかに緩めた。「たった一言、『何を企んでるの？』と書かれてあったんですよ。何のことだかわからなかったし、そもそも彼女が何者なのかも知らなかったので――あとでそれとなく訊いてまわって突き止めましたがね――そのメモについては知らん顔をしました。私がメモに反応せず、彼女が誰かもわからなかったのを見て、ケイティは疑いを持ったんでしょう」

ひょっとしたら、ラムジーは私が別の質問をするのを恐れていたのではないかという気がした。それが何かわかれば訊けるのだが……。だが考えてもわからないので、これ以上訊くことはないとライリーに合図した。

ライリーは一、二秒遠くを見つめてから、ラムジーに視線を戻した。

「われわれに真相を突き止められる前に自分からお話しくださったのは賢明な判断でしたね、ラムジーさん。ブルース・トレヴォートンの死亡時に取ったあなたの行動はあまりにも愚かでしたが、現段階では犯罪とまでは言えなさそうだ。しかし、私がいいと言うまでは町を出ないでいただきたい。今後の捜査次第では、あなたにご協力いただくことが出てくるかもしれませんからね。それと、このトレヴォートンからの手紙は、必要になったときのために証拠として預からせていただきますよ」ライリーはデスクの隅に置いた手紙を指し示した。

これを聴取が終わった合図と取ったラムジーは、先ほど煙草に火をつけたときに椅子の脇の床に置いた帽子を取り上げて立ち上がった。

「しばらくブルース・トレヴォートンのふりを続けるべきですかね。それとも、本名に戻ったほうがいいですか」と、ラムジーが尋ねた。

ライリーは少しのあいだ考えていたが、やがてこう言った。

「本名に戻るのがいいでしょう。あなたがトレヴォートンでないことを犯人に知らせなければ。そうなればもう、ほかの人を欺いても意味がありませんしね」

自分にはどうでもいいとでも言うように肩をすくめると、ラムジーは帽子をかぶり、部屋を出ていった。

第十二章

ライリーはため息をつき、両腕を上げて伸びをした。

「なあ、ダヴェンポート、どう思う」

「そうだな」と、私は答えた。「なかなか面白い話だったし、話し方もそつがなかった。少々出来すぎと言ってもいい」

「信じていないのか」

「全部はな。最初の部分――トレヴォートンに呼ばれてやってきたという点は本当のように思えた。少なくとも、手紙という裏づけがあるわけだし……。だが後半は、自分に都合のいいように手を加えたのだと思う。リンダを強請るために町へ戻ったと認めれば、出来すぎた話でもないんだろうが」

ライリーは唇をすぼめた。「前にもそんなことを言ってたな。何を考えている？」

「実は、ラムジーはリンダが夫のブルースを殺したと疑っているのではないかと思うんだ。その件で自分も一山当てようという腹かもしれない」

「しかし、そのためにトレヴォートンになりすます必要はないんじゃないか」と反論を口にしながらも、その言い方から、ライリーも同じことを考えていたのだと思った。

「確かに。でも役には立つ。もしブルース・トレヴォートンとして受け入れられれば、金を要求する必要もないわけだ。いつでも好きなときにトレヴォートンの口座から引き落とせる小切手を切れるんだからな。秘密をバラされて困る夫人は、黙認するしかない」私はいささか得意な気分になっていた。これまでずっと、ラムジーのなりすましに対する妥当な説明が思いつかず、頭を悩ませていたからだ。

「お前さんは、夫人の犯行という線をどう考えているんだ――もちろん、夫が殺害されたのが事実だったとしての話だが」と、ライリーが尋ねた。

そう訊かれるだろうと思っていたので、答えは用意してあった。

「トレヴォートンの噂を聞くかぎり、リンダには動機が山ほどありそうだ。だがラムジーの話を信じるなら、彼女に夫を殺すチャンスはなかった。私の見たところ、絶好の機会のあった人間がほかに二人いる。一人はあの晩、車で別荘を訪れたとラムジーが言っていた人物。もう一人はケイティだ」

ライリーは私のほうを見て眉を上げ、話の続きを促した。

「車で別荘に来た人物は、トレヴォートンと一緒に飲んでいた飲み物に何かを入れることができたはずだ」と、私は続けた。「ケイティは、トレヴォートンと別荘に行った際、きっと料理をしただろうから、食べ物に毒を盛るチャンスはいくらでもあったに違いない」

「ケイティの動機は何だ」

「彼女に有利に書かれたトレヴォートンの遺言書さ」遺言書の件は、耳にして以来、頭から離れなかった事案だった。この機会に議論をして詰めてみるのも悪くない。「だいたい、そんな遺言書を書くなんておかしな話だ。その時点では、もうじき自分が死ぬとは思っていなかっただろうからな。だとすると、ケイティが遺言書を書くようトレヴォートンをそそのかしたとも考えられる。

昨夜ケイティは、殺人に関係することになるとは知らなかった、と言っていた。その言葉に嘘はないと思う。だが、背後に黒幕がいて、彼女に全容を教えず加担させていたとしたらどうだろう。最初にルイズで話したとき、ケイティがトレヴォートンに関心を寄せているのは遺産目的だというのは、はっきりわかった。黒幕の人物は、彼女がトレヴォートンと別荘にいるあいだに美人局《つつもたせ》をしようと持ちかけたのかもしれない。二人が一緒にいる現場にケイティの仲間が踏み込み、ジェンキンス牧師に告げ口されたくなかったら大金を寄越せと脅す——その金をあとでケイティと山分けする寸法だ。一方、ケイティには睡眠薬だと説明して何らかの毒薬を渡し、トレヴォートンのコーヒーに入れるよう指示した。そうすればあとで使えるいい写真が撮れる、と言い含めてな。そこへ本当にジェンキンス牧師が別荘に向かっているという匿名電話が入って、トレヴォートンは慌ててケイティを別荘から追い払った。だから、毒の効果が出たときに彼女はその場にいなかったんだ。トレヴォートンの遺体が発見されて初めて、ケイティは実際に何が起きたのかに気づいたのだろう」

いつもの依頼のときよりも理屈っぽいと自分でも思ったが、この事件にはいろいろな角度からの見方が必要だ。そのうちのいくつかをここではっきりさせておくのは、いいことかもしれない。

ライリーは一、二分考え込んでいた。

「それもあり得るかもしれん」ようやく口を開いたライリーが同意した。「少なくとも、ケイティが殺される直前にお前さんに言ったことからすれば、彼女が誰かにそそのかされて動いていたのは明らかだ。そう考えれば、犯人が誰にしろ、ケイティが知っていることを漏らしてトレヴォートン殺害の件をほじくり返すのを阻止するために、彼女を殺害したに違いない。だがもしそうなら、なぜリンダはラムジーに脅迫されたのだろう。いや、本当に脅迫されていたんだろうか」

ライリーはまたもや遠くを見つめた。ただし、今度はごく短時間で、すぐに言葉を継いだ。

「ダヴェンポート、お前さんはすでにこの事件に深く関わっているようだから、この際、私と手を組まないか。まずはトレヴォートン家に行って、この手紙の筆跡が特定できるかどうか夫人に確認を取ってもらいたい」ラムジーの手紙をデスク越しにこちらへ投げてよこした。「私の代わりに行ってもらう理由は二つある。一つは、お前さんに事実を突き止められたと思ったときの夫人の反応を見たいからだ。お前さんをまたもや排除するのか、それともラムジーがトレヴォートンだと信じているという話を変えるのか……。二つ目は、トレヴォートンの遺体を直ちに発掘する命令書を公衆衛生局から得るために、私はこれから二時間ほど手が離せなくなるからだ。トレヴォートン殺害の罪で誰かを糾弾する前に、まずは殺人が行われた証拠を固めなければならないからな」

私は手紙をポケットに押し込み、オフィスを出た。託された仕事は、決してありがたくないものだった。リンダのような立場の女性を脅すのは気が進まないが、この仕事を遂行するためには、そうせざるを得ないのかもしれない。リンダが犯人だと思っていないわけでも、そうだと思っているわけでもない。今のところ、どちらなのかまったくわからなかった。ただ、反撃する術《すべ》の備わっていない人間を追い詰めなければならなくなるたび、いつも自分がクズに成り下がった気がして仕方ないのだった。それでも私はこの繊細な感情を脇へ押しやり、トレヴォートン家へと車を走らせた。

リンダは、二日前の晩と同じ客間で私を迎えた。瞳には暗い影が差し、小鼻と口の端が引きつっているように見える。彼女が立ち上がったとき、椅子のそばの床に置かれた朝刊を見て、その理由がわかった。ケイティ・ジェンキンス殺人事件の記事を読み、これからどうなるのか不安になったに違いない。

しかし、リンダは気丈に私の前に立った。

「ダヴェンポートさん」こちらが口を開く前に、向こうから話しだした。「ゆうべ、この件――夫の身元の件について、丸一日は何もなさらないとお約束いただいたと思っていましたのに、約束を破ったのですね」

私は床の上の新聞を指さした。「そこに書いてあるように、状況が変わったとは思いませんか、トレヴォートンさん」

リンダは新聞に目をくれようともしなかった。「私には理解できません。そのウエイトレスの方……」ケイティをほかの言葉で呼ぼうとしたが、亡くなった人なので思い直したようだ。

「……その方が殺された事件が主人と関係があるなんて」

「わかりませんか」と、皮肉を込めて言った。「記事をよく読めば、ケイティ・ジェンキンスが昨夜、あなたのご主人の死に関することを私に話そうとしたために殺害されたことがわかるはずですがね」

だが、リンダはなお態度を崩さなかった。

「何度言ったらおわかりいただけるんですの？　主人は死んでなどいません。ジェンキンスとかいう娘さんがどんな作り話をするつもりだったのか知りませんが、あなたが私との約束を破ってその方の話を聞こうとなさらなければ、彼女は今も生きていたかもしれません」

考えようによっては、ケイティの死に対する責任は私にある、とほのめかすことで自分を守ろうというのは、なかなか賢いやり方だ。だがライリーにここへ来るよう頼まれたとき、私は気に病むのはやめようと思うことにしたのだった。ケイティは、自分のことは自分でなんとかできる娘だった。

「そうかもしれないし、そうではないのかもしれません。でも、あなたが思っているようにケイティが私に作り話をしようとしていたのなら、犯人が彼女を殺してまでそれを阻止したかった理由は何でしょうね」

リンダの答えを待たず、私はすぐに続けた。

「いいですか、トレヴォートンさん。殺人事件に発展した以上、私にしろ誰にしろ、もはや逃れられません。たとえ私が、昨夜あなたに頼まれたとおりに町を出たいと思っても警察が許してくれません。事件を担当するライリー警部補に昨夜に続いて今朝も聴取されて、念を押されました」

その言葉に、リンダの瞳が揺らいだ。

「警察に聴取されたんですか」彼女の声が大きくなった。「警察に何をお話しになったんですの？」

「新聞に書いてあることしか話していません」と答えたものの、本当にそうかどうかは自信がなかった。その日は朝から忙しく、朝刊の記事に目を通す暇がなかったからだ。

それを聞いてリンダが安堵した様子を見せたので、新聞にはトレヴォートンを名乗る男が偽者の可能性があるとは書かれていなかったのだろうと思った。彼女の質問の裏には、そのことへの懸念があったに違いない。

すると、私に対するリンダの態度が微妙に変わった。先ほどから見せている敵意の度合いが変わったわけではなく、新たな疑念が頭をもたげた感じだった。

「ダヴェンポートさん」と、彼女が訊いた。「どうして今朝、ここへいらしたんですか。私に何の用がおありですの？」

それでわかった。リンダは私が警察に話した以上の情報を握っていて、彼女を強請るために来たと思っているのだ。この際、その線に付き合って様子を見ることにした。

ポケットからラムジーの手紙を取り出す。「あなたにお訊きしたかったのは」封筒から便箋を出してリンダに渡した。「この筆跡に見覚えがあるかどうかということです」

リンダは受け取った手紙を読もうとはせず、たいていの女性が手紙を渡されたときにするように、一、二度ひっくり返しながら不思議そうに眺めた。

「ええ、見覚えがあります」と、ほとんど反射的に答えた。リンダの口調と態度から、この手紙を見たのが初めてなのは明らかだった。つまり、ここに来るまでに考えていた推理——ラムジーがリンダを脅して加担させていたという仮説は消えたことになる。「これは、夫ブルースの筆跡です。中身を読んだほうがよろしいのかしら?」

「お好きなように」わざと、どちらでもかまわないと聞こえるように言った。

リンダはもう一度便箋をひっくり返して文面を読んだ。「親愛なるエメットへ」という冒頭の部分を目にした彼女は小さく息をのみ、読み終わらないうちに取り上げられるのを恐れるかのように便箋を持つ手に力を込めた。最後の署名にたどり着く頃には息が荒くなり、薄手の白いドレスを通して胸が脈打つのが見えていた。読み終えると、便箋を両手で握り締めたまま私を見た。その目は、見たこともないくらい恐れおののいていた。

「これをどこで手に入れたんですか」と、リンダがささやくように言った。唇の動きを見ていなかったら聞き取れないほど小さな声だった。「ケイティ・ジェンキンスからもらったのですか」

「いいえ」と、私は答えた。「ケイティは関係ありません」重みを持たせるため、少し間を置いた。「間接的にですが、あなたの夫を名乗る人物からです」

何らかの反応があるとは予想していたが、これほどまでとは思わなかった。まるで刑の宣告を受けた瞬間に殺人犯が裁判官を見るような、どうしようもなく絶望的な顔で私を見返したかと思うと、その顔からみるみる血の気が失せ、何も言わずにいきなり床に崩れ落ちたのだった。

第十三章

倒れたリンダに駆け寄り、抱きかかえてソファに運んだ。ソファに寝かせた彼女の顔には、意識を失ってもなお、まるで貼りついてしまったかのように恐怖と絶望に満ちた表情が浮かんでいた。

辺りを見まわし、呼び鈴の紐を見つけて執事を呼ぶと、彼はいやに早くその場に姿を現した。「夫人が気を失った。メイドか誰かを呼んだほうがいい」もう少しで「キンケイド医師を」と言うところだったが、すんでのところで踏みとどまった。私はキンケイドとは面識がないことになっているのだ。

無表情な執事の顔は少しも変わらず、「かかりつけの医師に電話をします」と言って回れ右をし、ドアへ向かった。「幸い、お隣にお住まいですので」

執事が玄関の向かいの部屋へ行き、電話のダイヤルを回す音が聞こえた。私は再び屈み込んでリンダの様子をうかがった。彼女は気を失ったままで、意識を取り戻す気配は感じられない。

一分後、玄関のドアを勢いよく開け、キンケイドが走り込んできた。その顔つきやリンダの傍らに駆け寄る様子から、彼がリンダに想いを寄せているのは一目瞭然だった。素早く診察をすると、私を見上げて訊いた。

「何があったんだ」

私は事の次第を話した。

「夫が書いたとされる手紙を見たあと気絶したと言うんだな。その手紙はどこにある」

ライリーがどう思うかわからなかったが、私はキンケイドに手紙を見せることにした。それに、彼はまだ私の雇い主だ。要求に従う義務がある。

「夫人が気を失ったとき手に持っていましたから、床に落ちているはずです」

私はそこで言葉をのんだ。リンダが倒れた床の上には、今しがた掃除機をかけたかのように何もなかったのだ。

キンケイドも私と同じことを考えたらしく、大股で呼び鈴の紐の所へ行くと、ベルが壁から外れんばかりに力いっぱい引っ張った。すると、まるで紐の向こう端に結ばれていたかのようなタイミングで執事が現れた。

「ウェンドール」と、キンケイドが詰め寄った。「手紙をどうしたんだ」

「手紙とおっしゃいますと?」表情を変えずに執事はキンケイドを見返した。「何のお話かわかりませんが」

「あそこの床に落ちていた手紙のことだ」キンケイドの声が鋭さを増した。「数分前、ダヴェンポートさんに呼ばれてこの部屋へ入ったとき拾っただろう。その手紙をどうしたかと訊いているんだ」

「ああ、あれですか！」その言い方があまりにもわざとらしかったので、あらかじめ嘘を用意していたのだろうと思った。そうでなければ、いつも氷のように無表情なあの顔をあそこまで崩すのは不自然だ。「あれなら、紙くずかと思ったものですから、捨てようと思って拾いました」

キンケイドは無言で手を伸ばし、手紙を渡すよう要求した。仕方なく執事はグレーの縞柄のズボンのポケットから手紙を取り出し彼に差し出すと、出ていけと言われる前にそそくさと部屋から退散した。

キンケイドは素早く手紙に目を通し、小さく唸ってそれを私に寄越した。

「私の家へ行って待っていてくれたまえ。夫人を寝室に運んでメイドに指示を伝えたらすぐに戻る」

リンダが意識を取り戻したときにそばにいたかったのだが、キンケイドがそれを許すとは思えなかったので、あえて言わずに、彼に言われたとおり隣の家に向かった。

執事の電話を受けて慌てて飛び出したのを物語るように、玄関ドアは開いたままだった。真っすぐ書斎を目指す。家の中には誰もいないようだ。机の上の電話を目にし、キンケイドがあと十分は戻ってこないだろうと思ったので、受話器を取って警察本部のライリーに電話をかけた。

電話に出たのは、ライリーがラムジーの指紋の記録を渡した私服警官だった。

「ライリー警部補は今、席を外しています」と、彼は言った。「私はパターソン巡査部長です。何のご用でしょう」

「私はレックス・ダヴェンポートだ。トレヴォートン夫人との面会の件を報告しようと思って電話したんだが」

「ああ、そうでしたか！」その口調から、事情は聞いているようだった。「警部補からお聞きしています。もし自分がいないときにあなたから電話がかかってきたら――あ、ちょっとお待ちください。ちょうど戻ってこられました」

数秒、間があって、ライリーの声に変わった。

「やあ、ダヴェンポート。何かつかめたか」

「つかめたと言えるかどうかわからんが、例の手紙を見せたらリンダは気絶したよ」

ライリーが低く口笛を吹いた。「相当ショックだったんだな。気を失った理由は思い当たるのか」

「ああ、二つ考えられる。一つはクレイモア・ホテルにいる男が本当は夫ではないと気づいたから。もう一つは、われわれがその事実を突き止めたことを知ったから。もっとも、どちらが正解なのかさっぱりわからないが」

「私は二つ目の理由に賭けるね」と、ライリーは言った。やはり彼は、リンダが少なくとも一つの殺人には関わっていると考えているようだ。するとライリーが尋ねた。「お前さんは今、どこにいるんだ」

「キンケイド家の書斎だ。本人はまだ隣家でリンダを診ているから、その隙にあんたに報告しようと思ってね」

「そりゃあ、どうも。キンケイドはお前さんの雇い主だから、今朝の出来事を報告する義務があるしな。こっちはかまわんよ。どうせ夕刊には載るんだ。だが、これだけは忘れないでくれ、ダヴェンポート。キンケイドのために動いているかもしれんが、お前さんは私と手を組んでいるんだからな」

ライリーの言わんとするところはわかっていた。もしキンケイドが事件に関わっていたら、たとえ彼が雇い主であっても自分に報告しろということだ。そして、リンダを容疑者から外すよう説得されるな、とも言いたいのだろう。リンダが疑われそうな気配が少しでもあったなら、キンケイドはきっとそういう動きに出るに違いないからだ。

「ああ、わかってる」と応えて電話を切ろうとしたとき突然、それまで見逃していた重大な事実が脳裏に浮かび上がってきた。

「ライリー、まだそこにいるか」と、送話口に向かって大声で呼びかけた。

受話器を戻しかけたようなカチリという音がしたが、まだ切れてはいなかったので、かろうじて私の声を聞き取ったらしい。

「ああ。どうした」という声が返ってきた。

「たった今、思い出したことがある」と、私は言った。「リンダが気を失ったのは、手紙を見たからじゃない。手紙をどこで手に入れたのかと訊かれて、出所を教えたら崩れ落ちたんだ」

「つまり、どういうことだ」そんな細かなことはどうでもいい、と言いたげだ。

「わからないか？　彼女にとって重要だったのは、トレヴォートンの正体がラムジーだと判明したことでも、われわれがそれを知ったことでもなく、あの手紙をラムジーが持っていた事実だったんだ！　それがなぜ重要だったのかは訊かないでくれ。まだ、そこまでは突き止めていないからな」

「突き止めたら、また電話をくれ」ライリーは素っ気なく言って、電話を切った。

私が受話器を戻すと同時に玄関のドアが勢いよく開き、キンケイドが廊下から書斎へ猛然と駆け込んできた。

「いったい、何があったんだ」お気に入りの肘掛け椅子に座り込み、まるでリンダが倒れた責任は私にあるとでも言いたげな目でこちらを見上げた。

「あの手紙は、最初から私が言っているとおり、ブルースを名乗る男がラムジーだということを証明している。だが手紙を読むまでもなく、リンダにはそれがわかっていたはずだ。だったら、どうして彼女は気を失ったのだ。そもそも君は、あの手紙をどこで手に入れたのかね」

私は手を上げてキンケイドを制した。「まあ、待ってください。少し落ち着いて。質問は一つずつお願いしますよ」

立ったままでいた私は、机の隅に片脚を載せて話し始めた。

「まず何があったかについてですが、ライリー警部補の指示で、例の手紙の筆跡が夫のものであるかどうかトレヴォートン夫人に確認してもらいに行ったところ、夫人は、確かに夫の字だと言いました。中身を読んだあと、どこで手に入れたのかと訊かれ、それを話したとたん気を失ったのです」

「それで、どこで手紙を手に入れたんだ」

私はライリーのオフィスでの一部始終を報告した。

私の話に耳を傾けるうち、キンケイドの顔にさも満足そうな、冷ややかな表情が浮かんだ。

「そうか、ラムジーが自分の正体を白状したのか！」話を聞き終わると、うれしそうな声を上げた。「だったら、やつも終わりだな。これでリンダの心も休まる」

「それはどうでしょう」と、私は言った。

キンケイドは眉根を寄せ、私を睨みつけた。「どういう意味だ」

「もしブルース・トレヴォートンが殺され、ラムジーが夫人を強請るためにこの町へ来たのだとしたら……」

それ以上言わずとも、キンケイドは私の考えを汲み取った。

「ライリーもそう考えているのか。リンダが何か知っていると？」

それには答えず、ただ肩をすくめてみせた。

「だとしたら、とんでもない大ばか者だ！」キンケイドが大声を出した。「頭がおかしいにもほどがある！」椅子から勢いよく立ち上がり、力いっぱい握り締めた両手をズボンのポケットに突っ込んで小さな室内を大股で歩きまわった。今にもポケットの裏布の破れる音が聞こえそうだ。

しばらくしてキンケイドが私の前で足を止めた。「ダヴェンポート、君は私立探偵だ」と、不機嫌な声で言う。「だから、リンダがやっていないことを証明してくれ。真犯人にたどり着かなくてもかまわん。ブルースを誰が殺したのかも、犯人が捕まるかどうかも私には関係ない。私が欲しいのは、リンダの無実を示す証拠だけだ！」

「いいですか」と、私は言った。「私は私立探偵であって、マジシャンじゃありません。この事件の真相を探るために全力を尽くしますし、成功してみせると自信を持って言えますが、誰かの無罪や有罪を証明する保証はできません。事実を変えるわけにはいきませんし、なにより、トレヴォートン夫人の嫌疑を晴らすものであっても、反対に強めるものであっても、見つけた事実はライリー警部補に報告する義務があります。きちんと現実と向き合ったほうがいい。残念ながら現段階では旗色が悪いと言わざるを得ません。その線なら、ラムジーが夫人を強請ろうとして町に来たのだと説明がつきますからね。しかし、あなたが夫人の無実を心から信じていて、こういう条件でも私に捜査を続けてほしいとおっしゃるなら、いいでしょう、お引き受けしますよ。ご不満なら、この件はなかったことにしましょう」

キンケイドは顔を背け、パイプのコレクションが置かれているマントルピースへ歩いていった。こちらを振り向いたその手に一本握られていたが、煙草は詰めずに空のパイプを口にくわえ、少しのあいだ冷たいままの柄をしゃぶっていた。

「いいだろう」と、彼は言った。「条件を受け入れよう。それで、どこから捜査を始めるんだ？」

「今、ライリーがトレヴォートンの遺体を掘り起こす手続きを取っています。トレヴォートンが本当に毒殺されたことがはっきりし、どんな毒が使われたのかを特定できれば、トレヴォートンが殺される直前にその毒を購入するか短期間でも手にすることのできた人物の洗い出しにかかるでしょう。その間《かん》に私は、ケイティの線を追ってみます。犯人が誰にしろ、二つの殺人は同一犯の仕業のはずです。昨夜ケイティが私と会うのを知り得た人間を突き止められれば——」

言い終えないうちに、キンケイドが頭を振りながら異議を唱えた。「それじゃあ遠回りだ。リンダが疑われているのはトレヴォートン殺害の件なんだぞ。そっちから始めればいいじゃないか」

「というと？」その言い方からすると、何か考えていることがあるのだろうと思い尋ねた。

キンケイドはこちらへ歩み寄り、大きな椅子の肘掛けに腰を下ろした。「トレヴォートンの遺体が発見されたとき――」冷えたパイプを口から離し、それを手に持ったまま身振りを交えながら説明を始めた。「他殺の疑いはなかったから、別荘の捜索は行われなかった。だから、手始めにあそこを調べてみてはどうだろう。埋葬のために遺体が町に搬送されたあと、閉じられたまま建物は手つかずの状態だ。手がかりが残っているとすれば、今もあそこにあるはずだ！」

なかなか悪くないアイデアだった。もちろん、手がかりが残されていればの話だが。「何か見つかる可能性はありますね」と、私は頷いた。「すぐに別荘に向かうよう警部補に提案して――」

だが、キンケイドは反対した。

「いや、だめだ。ライリーがすでにリンダの関与を疑っているのなら、公平な目で見ることはしないだろう。きっと彼女に不利な証拠を探そうとするに違いない。君が一人で行ってほしい。それも早ければ早いほどいい。承知してくれるなら、今夜、私が車で別荘まで連れていこう」

私に異存はなかった。が、ひょっとするとキンケイドがせかすのは私に何かを見つけてもらいたいからではなく、万が一、ライリーが同じことを思いついて別荘に行き、手がかりを見つけてしまわないようにするためではないか、という疑念が頭をよぎった。しかし別荘へ向かうとなれば、ライリーの許可を取らないわけにはいかない。ケイティの検死審問で証言することになっているので、町を離れる際は知らせるよう言われているからだ。私はキンケイドにそう説明した。

キンケイドは不服そうだったが、どうすることもできないと思ったようだ。

「よかろう。ライリーに知らせなければいけないのなら仕方がない。だが、この件の責任者は君であって、できれば君一人で調べたいと念を押してくれ」

できるだけのことはやってみる、と応え、ライリーと話したらすぐに結果を報告すると約束して立ち上がった。

キンケイドが玄関まで見送りについてきた。

「ところで」縁石のそばに停めてあるレンタカーに向かう前に、ポーチで立ち止まって私は訊いた。「お隣を出るとき、夫人はどんな様子でした？　意識は戻りましたか」

キンケイドもポーチに出て、私の横に立った。「ああ、気がついた。でも、ひどいショックを受けていてね。メイドと執事に、誰にも面会させないようにと言っておいた。たとえ――」

そう言いながらトレヴォートン家に目をやったキンケイドが途中で言葉を切ったので、私もそちらを見た。そして、彼が何に気を取られたのかわかった。

トレヴォートン家から男が出てきたのだ。男は一瞬ためらったのち、右に曲がってひと続きになった芝生を横切り、こちらへ歩いてきた。エメット・ラムジーだった。何かに腹を立てているようだ。その理由はすぐに明らかになった。

「おい、キンケイド」キンケイドを見るなり怒鳴りつけてきた。「自分の妻に面会させるなと命令するとは、どういう了見だ。我慢ならん！」

　キンケイドはラムジーを睨みつけた。「私が適切だと思う指示には従ってもらう」と、鋭く言い放った。「私は夫人の主治医だ。彼女にとって何が最善か、ちゃんと承知している。それに、君は彼女の夫ではない。ブルース・トレヴォートンの映画で代役をしていたエメット・ラムジーだろう」

　とたんにラムジーがその場に立ち尽くした。何か言いたそうに口を開きかけたとき、その目が私を捕らえた。

「なるほど、あんたが来てたのか！」と言ったかと思うと、嘲《あざけ》るような笑みを取り繕った。「時間を無駄にせず、さっそくご注進ってわけか」

「あいにく、私の仕事には無駄にする時間などないんでね。私に付き合って話してくれる時間があるようなら、いくつか訊きたいことがある。まずは、今朝、ライリーと私に正体を明かしたのに、なぜまたブルース・トレヴォートンのふりをしようとしたのかってことだ」

　私は最初、拒むだろうと思っていた。するとラムジーは、昔のトレヴォートンを彷彿《ほうふつ》させる尊大な態度で肩をすくめ、何も言わずに車までついてきたのだった。

第十四章

ハンドルを切って縁石脇から車を発進させ、私は口を開いた。

「さあ、いいぞ、ラムジー。聞いてやるから話してくれ」

ラムジーは煙草を口にくわえ、屈んでダッシュボードのシガーライターで火をつけた。

「キンケイドにブルースのふりをしたのはまずかったよな」助手席に座り直し、ラムジーは認めた。「だが、あんたとライリーに私が話した内容を、リンダが夕刊で読む前に会っておきたかったんだ。執事のウェンドールに家に入れてもらえなかったので、キンケイドの許可を取るのが手っ取り早いと思ったんだだが」

「なぜ、そんなに急いでリンダに会いたかったんだ」

「私が警察に身元を明かしたことを話して、その反応を見たくてね」と、彼は答えた。「それで驚いたなら、うまくすると、ブルースのふりをした私を彼女が受け入れてくれた理由を訊き出せるかもしれないと思ったんだ」

「ラムジー、白状したらどうだ。あんたがトレヴォートンへの感傷や忠誠心からこの町へ来たんじゃないことはわかってる。リンダが夫の死に関与していると踏んで、湖の別荘で手に入れたもので恐喝できるのでは、と考えた。ところが、数時間前にライリーと私に真実を話すよう強要されたものだから、慌ててここへ駆けつけ、彼女が状況を把握する前に最後の仕上げをしようと目論んだんだろ。もう観念するんだな」

恐喝という言葉に心から驚いた顔をしたので、私は自分の推理が間違っていたのだろうかと少し不安になった。すると、ラムジーが笑いだした。

「あんたって人は抜け目がないな、ダヴェンポート。だが、いろいろと間違っている点がある。確かに、この町へ来たのはブルースに対する友情のためなんかじゃない。金が必要だったからだ。だが、そのために恐喝をするつもりはなかった。ブルースの死について私が抱いている疑いをぶつければ、真実を突き止めるために雇ってもらえると思ったんだ。正直言って成果を上げられるとは思っていなかったが、探偵まがいのことをやっていれば、そのうちハリウッドに戻る旅費くらいは稼げるだろう、とね。そして、ブルースが殺されたというのは間違いだった、とか、これ以上追うのは無理だ、とか言って手を引けばいい。ところが、こっちが口を開く前にリンダが私をブルースとして受け入れたので、しばらくはそれに乗ることにした。さっきリンダに会いに行った理由は本当だ。彼女の目的が何なのかわかるんじゃないかと思ったんだ」ラムジーはわずかに頭を逸らせ、車の窓から外へ煙草の灰を落とした。「そうすれば何かつかめるかもしれないからな」

それなりに頷ける話だった。少なくとも、ブルース・トレヴォートンへのなりすましについて最初に話した理由よりは筋が通っている。隅々まで納得したわけではないが、これ以上訊くことはなさそうだと判断した。

〈クレイモア・ホテル〉の前には記者たちが詰めかけており、ロビーに入った私たちにイナゴの群れのように押し寄せてきた。大半はラムジーにまとわりついていたが、私のことを知っている記者が一人いて、エレベーターに逃げ込む手前でつかまってしまった。

「ここで何が起きているんです、ダヴェンポート。二カ月前に溺死した元映画スターのブルース・トレヴォートンが生き返ったという情報を得て来てみたら、実は本人ではなく代役だった。しかも、付き合っていた女性が殺害されたという。いったいどういうことなんですか」

私はあえて記者を無理に引き離そうとはしなかった。そんなことをしたら、ますますつきまとわれるだけだ。

「今、君が言ったとおりだよ、ピンキー」と、私は言った。「死んだトレヴォートンが蘇った話はデマで、彼が以前付き合っていた女性は殺された。今のところわかっているのはそれだけだ」

「あなたがこの件に関わった経緯は？」

「二日前、ラムジーが現れてトレヴォートンの名でホテルにチェックインしたとき、夫人から彼の調査を依頼されたんだ。調査の結果、彼がトレヴォートンではないことが判明したというわけさ」

記者はなおも食い下がった。

「フロント係の話では、昨夜八時頃、被害者のジェンキンスという女性からあなたに電話があり、会って大事な話がしたいと言われたそうですが、それについてはどうなんです？」

「ああ、そのとおりだ。彼女が殺害されたとき、私もその場にいた。だが、事件に関しては何も知らないんだ」帽子を脱ぎ、病院で貼られた絆創膏《ばんそうこう》を見せた。「犯行直前、拳銃の尻に撫でられて二時間は気を失っていたんでね」

記者はがっかりした顔になった。「じゃあ、彼女を殺した犯人を見ていないんですか」

「もし見ていたとしたら」私は皮肉っぽく言った。「犯人が目撃者の私をみすみす放っておくと思うか？　だがなピンキー、別の話を教えてやろう」内密の話を切りだすふうに顔を寄せ、声をひそめた。「ケイティ・ジェンキンスは大事な話とやらを私にする前に殺されたんだが、その直前、トレヴォートンの死は事故ではないとほのめかしたんだ。担当刑事のライリー警部補は今、トレヴォートンの遺体を掘り出して詳しい鑑定をする手筈を整えている。警察本部に行ってライリーをつかまえたら、スクープになるネタを聞き出せるかもしれないぜ」

案の定、記者はそそくさといなくなった。フロント係の話からあることを思いついた私は、さっそくそれを試してみることにした。

エレベーターで部屋に戻り、受話器を取り上げた。だが、電話に出たフロント係は、私が到着した午後と、前日の夕方、ケイティがドラッグストアから私に電話したときに勤務に就いていた男とは別人だった。

「もう一人のフロント係はどうした。今日は休みかい？」と、私は尋ねた。

「彼の勤務は一時からなんですよ」と、相手が説明した。「何かご用でしょうか」

「ああ。彼が出勤したらすぐに私の部屋へ寄越してくれ」

「かしこまりました。そろそろ来るはずですので」

受話器を置き、煙草に火をつけてフロント係の到着を待った。半分ほど吸った頃、彼がドアをノックした。

「ダヴェンポート様、私にご用だとフロントで聞いて伺ったのですが」部屋に招き入れるなりフロント係が切りだした。「何か私にお手伝いできることがございますか」

質問には答えず、彼を頭の先から足の先まで眺めて言ってやった。「ずいぶんとお喋りな男だな」

フロント係が顔を赤らめた。「記者のことをおっしゃっているのでしたら――」と言いかけた彼を私は遮った。

「いや、記者のことを言ってるんじゃない」と、鋭く言い返す。「お前さんがペラペラ情報を流している別の相手のことだ。誰に金をもらって、私の電話を盗み聞きして報告しているんだ」

「おっしゃっている意味がわかりません」と口ごもったが、わかっているのは間違いなかった。「電話の盗み聞きなど滅相もありません。上司から厳しく禁じられておりますから」

「いいか」私は押し殺した静かな口調で言った。怒鳴りつけるより、そのほうが相手を縮み上がらす効果がある。「私は大人だ。おとぎ話に興味はない。聞きたいのは真実なんだ。真実を話すのを拒む人間には、それなりの責任を取る覚悟をしてもらおう」

フロント係は逃げ出す方法はないだろうかと探るように、怯えた目で部屋を見まわした。ついに、彼が口を割った。「申し訳ございません、ダヴェンポート様。本当になんとお詫びしたらよいか……。でも、そもそもあなたのお部屋をご予約なさったのはトレヴォートン夫人なのですから、かまわないと思ったんです」

「トレヴォートン夫人！」驚きのあまり、思わず繰り返した。フロント係にスパイまがいの行為をさせていたのは、てっきり男だと思ったのだが、それがリンダだったとすると……。「直接、夫人に報告したのか」

「あ、いいえ、違います」と、フロント係は否定した。「でも、リチャード・トレヴォートン様があなたの電話と彼の――」と言って、ラムジーの部屋を顎で指した――「電話の内容を知らせるようにとおっしゃったので、きっとお母様のためになさっていると思ったんです」

つまり、フロント係が情報を流していた相手はリック・トレヴォートンだったのだ！ リックは手回しよく、自宅ばかりかこのホテルにもスパイ網を張っていたわけだ。執事からリックに、父親がラムジーに宛てて書いた手紙の件が伝わるまでどのくらいかかるだろうか。床から拾い上げたとき、執事は間違いなく中身を読んだはずだ。だが、さしあたって私には考えるべきもっと重要なことがあった。

「ケイティからかかってきた以外に、リチャードに報告した電話はあるのか」と、私は訊いた。

「いいえ。彼への電話はありませんでしたし――」フロント係は再びラムジーの部屋を顎で指した。「それ以外にあなたにかかってきたのはトレヴォートン夫人からだけで、リチャード様から、その……盗み聞きするよう頼まれる前のことでしたから」

「ケイティの電話のことはほかの誰かに話したのか」

「いいえ、話しておりません」

私はわざと相手がおどおどするような目つきで睨み、実際そのとおりになった。「わかっていると思うが」と、意味ありげに言う。「ケイティがゆうべ殺されたのは、私と会うことを誰かが知ったからだ」

その言葉に、フロント係が真っ青になった。「そんな!」と息をのむ。「まさかリチャード様が犯人だと……?」

「まだわからん。だが、もしそうだと判明したときには、厄介な立場に置かれるぞ。警察はお前さんも共犯だと考えるかもしれない。そこでだ、そんなことにならずに、少なくとも故意に協力したのではないと証明できるチャンスをやろう」

「ええ、ぜひお願いします!」一言も聞き逃すまいと、フロント係は耳をそばだてた。

「どうせリチャードはこのホテルに部屋を取っているんだろう。だったら、今度は逆にリチャードの電話を盗聴して私に報告するんだ。忘れるなよ。私に隠しだてをしたり、リチャードに告げ口したりすれば、共謀して司法を欺いた罪で刑務所送りにしてやるからな」

それを聞いてフロント係の膝が震えだした。「絶対に告げ口などしません、ダヴェンポート様。お約束します」声まで震えている。「リチャード様がかける電話も受ける電話も一つ残らずご報告します」

そこでフロント係を解放してやり、椅子の背にもたれて、たった今彼から聞いた話について考えた。リックが昨夜どうして私とケイティを尾行できたのかはわかったものの、それだけでは殺人を犯した証明にはならない。ライリーの推理のように、私に気づかれずにリックが郊外までわれわれの車をつけてきたとは、どうしても思えなかった。でも、ライリーはそう信じているのだろうか。そして、今の話は彼がリンダにかけている嫌疑にどう影響するのだろう。リンダが犯人である可能性が消えない以上、彼女を救うためにリック一人に罪を押しつけるのは気が進まない。ここは、もしどちらかがやったとして、いったいどっちが真犯人なのかを示す充分な証拠をつかんだと納得できるまで、二人とも容疑者だとライリーに思わせるしかなさそうだ。

すでに午後一時をすぎていたので、ホテルのダイニングへ行って簡単な昼食を食べた。ライリーを探しに警察本部へ回ると、ちょうど向こうも昼食から戻ってきたところだった。

「遺体発掘の手筈が整ったよ」と、ライリーが言った。「今晩七時に作業することになった。お前さんも立ち会うかい?」

「そうしたいところだが、その時間、ほかにやりたいことがあるんだ」と答えてから訊いた。「今夜、トレヴォートンの別荘に行って中を捜索する許可をもらえないだろうか」

ライリーがいささか興味を示した。「どうしてそんなことを思いついたんだ」

「キンケイドのアイデアさ。遺体発見直後から別荘は閉じられたままだから、トレヴォートン殺害を特定する証拠が残っているかもしれないと言うんだ」

ライリーは椅子に沈み込んで少し考えていたが、やがてこう言った。

「いいだろう。解剖の結果、トレヴォートンが殺されたとわかったときには、どうせ誰かを行かせるつもりだった。しかし、そうなることは目に見えているんだから、この際すぐに向かったらどうだ。キンケイドも一緒に行くつもりなのか」

「本人はそう言ってるが、行かせないほうがよければ、私が一人で行くこともできる」

「いや、連れていってくれ。できるかぎり、キンケイドに捜索の主導権を握らせるんだ。見つかる物を彼が具体的に想定しているのかどうか興味がある」

「われわれに話した以上のことをキンケイドが知っているか、あるいは疑っていると考えてるのか」

「さあな。だが、これでわかるかもしれん」

彼の提案どおりにすると約束したが、キンケイドが同行したがっている本当の目的は、リンダに不利になるかもしれない証拠をすべて破棄することだという点については伏せておいた。

「ああ、そういえば」去る間際、私は言った。「ある人物が、どうやって昨夜、私とケイティが会うことを知ったのかわかったよ」そして、ホテルのフロント係を脅してリックに関して聞き出した情報を伝えたのだが、驚いたことにライリーは興味を示さなかった。

「ケイティ・ジェンキンス殺害に関しては、トレヴォートンの息子は容疑者からもう外しているよ」と、ライリーは言った。「ケイティとブルースが別の人物に殺されたという線はきわめて可能性が低い。ということは、息子は容疑者圏外ってことになる。父親が溺死したとされる頃、リックは軍用船に乗ってヨーロッパとアメリカ間の海の上だったんだからな。これ以上のアリバイがあるなら聞いてみたいもんだ」

確かに、私も同意せざるを得なかった。

第十五章

ホテルに戻ってキンケイドに電話し、別荘へ行く許可をライリーからもらったことを伝えた。電話をしながら、フロント係が自分のためにしろリックのためにしろ再び盗聴しているのではと危惧したのだが、どうやら第三者が聞いている気配はなかった。

六時頃キンケイドの家へ行き、そこから彼の車で湖に向かうことになった。ホテルまで迎えに来てもらうより、そのほうがいいと私が提案したのだった。ホテルを張っている記者が、何かが起きそうだと嗅ぎつけてあとをつけてこないともかぎらないからだ。

キンケイドに電話したときはまだ二時すぎだったので、出発まで四時間近くあった。その時間を使って、昨晩ケイティが私に電話をかけてきたドラッグストアへ行ってみることにした。リックが犯人でないのなら、真犯人はどうやって電話の内容を知りケイティと私が乗り込む前に車の後部座席に隠れることができたのかを突き止めなければならない。そのためには、手始めにドラッグストアを当たるのがいいだろうと思ったのだ。

そこはありふれたチェーン店で、片側に軽食用のカウンターがあり、反対側のガラスのショーケースには化粧品が見栄えよく飾られていた。ちょっとした電気器具とさまざまなタイプの目新しい商品が置かれたテーブルが、店の中央に等間隔で並んでいる。薬品売り場は隅っこに追いやられていた。電話ブースはどこかと見まわすと、軽食用カウンターと入り口のあいだにあった。

客はおらず、カウンターにフルーツを並べている、白衣に帽子姿の若い店員が一人いるだけだった。私は店員に歩み寄った。

相手に悟られずに本題について聞き出す技術が必要なのは、情報を得ようとする相手がこちらに敵意を持っているときか、話したがらないときだけだ。この場合どちらも当てはまらないので、時間を無駄にせず単刀直入に訊くことにした。

「やあ」と言って、カウンターの椅子に腰かけた。「ちょっと訊きたいことがあるんだが」

「いいですよ」若い店員は愛想のいい笑みを浮かべた。「何でしょう」

「君は、ゆうべもここで仕事をしていたのかい？」

店員は頷いた。「だから、ケイティ・ジェンキンスが店に入ってきて電話をしたのを目撃したんですよ」

「どうして私の訊きたいことがわかったんだい？」と、私は尋ねた。

店員の笑みがますます広がった。「刑事さんが一人と記者が三人、訊きに来ましたからね」どうやら私も記者だと思ったようだ。「でも、そんなにお力にはなれないと思いますよ。ケイティが電話ブースに入って電話をしたのは見たんですけどね、店に入る前も出たあとも、誰かと話したのは見ていないんです。それに、ブースのドアをきっちり閉めてたんで、電話の内容は全然聞こえませんでした」

「そのとき、店には客がほかにもいたのかい？」

「いつも夕方入り浸ってるガキどもだけですよ。それに大人が二、三人かな。こっち側にはそのくらいですね。奥の薬品売り場にはもう少しいたかもしれませんが覚えていません」

「ケイティが店を出たあとすぐに出ていった人はいなかったかい？　そう、一分かそこらあとに」

　店員は帽子を押し上げ、頭の横をさすりながら考えた。

「ウェンドールさんが出てったかなあ」しばらくして言った。「ケイティが入ってきたとき、カウンターの端に座って飲み物を飲んでいたんですよ。そうだ、確かにケイティに続いて出ていきました」と断言した。「ミルクシェイクを飲み終えずに店を出たんで覚えています。いつもは、そんなことはないですからね」

　どこで聞いたか思い出せなかったが、ウェンドールという名に聞き覚えがあった。とにかく、その男の行動には何かありそうな気がする。

「その男は何者なんだ」と、私は尋ねた。

「ウェンドールさんですか。ああ、インチキなイギリス訛りの小柄な人ですよ。本当はイギリス人じゃないと思いますね。トレヴォートン家の使用人です」

　そのとき、どこでその名を聞いたか思い出した。

「なんてこった！」思わずうめいた。「ひょっとして執事か！」

「ええ、そうです」と言ったあとで、店員は私の意図を察したらしく、「まさか！」と叫んだ。

「そんなこと、あるわけないですよ。マンガの中でも起きそうにないじゃないですか。本当にあのしかめ面のウェンドールが、ケイティ・ジェンキンスの事件について知っていると思うんですか」

「私の仕事には『思う』は通用しない。確信しなければならないんだ。そのために、君には今話したことを誰にも漏らさないでもらうとありがたい。つまり、スクープってやつさ」

ポケットから一ドル札を出し、カウンター越しに店員のほうへ押し出した。「コーラでも買ってくれ」と言って椅子から降り、まだ私を記者だと思っている店員を残して店を出た。

ホテルの裏にある駐車場からレンタカーを取ってきて、トレヴォートン家に向かった。昨夜、後部座席に隠れてケイティを殺したのが執事だとは思わなかったが、ドラッグストアからケイティを追うように出ていったのが偶然とは考えにくい。だとすれば、執事は私の知りたいことを知っているに違いなかった。

トレヴォートン家の呼び鈴を思いきり手のひらで叩くように鳴らした。人をイラつかせるにはこれがいちばんだし、なによりも応対する執事をイラつかせたかった。そうでもしなければ、彼のプロとも言える堅苦しい態度に太刀打ちできないからだ。

十秒と経たずに執事がドアを開けた。目論みどおり、彼は苛立っていた。

「トレヴォートン夫人は、どなたともお会いになりません」火薬樽につながる火のついた導火線さながらに声をひきつらせた。「お医者様のご指示ですから」と言って、執事はドアを閉めようとした。

私は肩を入れてドアを止めた。「夫人への用じゃない」家の中に執事を押し込みながら言った。「あんたに話があるんだ」

執事は私の背後で機械的にドアを閉め、その言葉に衝撃を受けたかのように一歩下がった。

「私に、ですか」と言いながら、まるで話に見当がつかないふりをした。だが、呼び鈴で苛立ったせいで自制を失った執事の目は、実はわかっているのだということを隠しきれていなかった。

「ああ、あんたにだ」私はぴしゃりと言い放った。「ウェンドール、殺人事件の証拠隠滅罪で逮捕されたいのか」

〈クレイモア・ホテル〉のフロント係同様、逃げ出すチャンスをうかがうかのように、執事は私から玄関のほうに目を逸らした。だが結局は諦め、こちらに視線を戻した。

「おっしゃっている意味がわかりかねますが……」と口ごもる。

そのセリフは前にも聞いて、もううんざりだという顔をしてみせた。

「その手は通用しないぞ」私は鋭く言った。「昨晩、ケイティが私に電話をしたあと、ドラッグストアから出ていく彼女のあとを追うのを目撃されているんだ」

執事は否定せず、「確かに彼女を追ってドラッグストアを出ました」と認めた。「てっきりトレヴォートン様に電話したものと思っていたので、どこで落ち合うのか確かめたかったのです」そこで言葉を切り、舌先で薄い唇を舐めた。

「続けろ」

「ですが、どうやらケイティに気づかれてしまって」執事はしぶしぶ話しだした。「急に立ち止まって店のウィンドウを見るふりをしだしたので、私は追い越して歩くしかありませんでした」

「それからどうした」

「それだけです、ダヴェンポートさん」

しかし、ほんの一瞬躊躇《ちゅうちょ》した様子から、それだけではないとピンときた。

「ほう、そうか？」と、からかうように言った。「だったら、ケイティを追い越したあと、誰に彼女の電話のことを告げ口したんだ？」

そう言ったとたん、私は自分が過ちを犯したことに気づいた。危険地点は無事過ぎ去ったとでもいうように相手の口元の筋肉が緩んだ。

「誰にも話していません」執事はきっぱりと言った。「私が話したと言う人がいるなら、それは嘘です」

なぜだか私には、彼が本当のことを言っているのだとわかった。だが同時に、それがすべて真実でないことも承知していた。誰にも話していないのだとしても、私に知られたくない別の何かをしたのだ。しかし、今ここで彼からそれを引き出そうとしても無駄だろう。迂闊《うかつ》にも私は、最後の質問によって、自分がどこまで知っていて何を知らないのかを相手に教え、落ち着きを取り戻させてしまったのだ。ウェンドールもそれをよくわかっている。

「いいか、ウェンドール」真っすぐに相手の目を見て言った。「気づいているかどうか知らないが、あんたは殺人犯をかばっていることになるんだ。それはつまり、犯人と同罪だ。私は私立探偵にすぎないから自白させる手段も権限もないが、ライリー警部補はどちらも持っている。私がこのことを伝えれば、すぐさまそれを使うだろう。強制的に口を割らされる前に、自分から知っていることを話したほうが身のためだぞ。よく考えるんだな」

そして、執事がドアを開けてくれるのを待たずに玄関を出た。

車でホテルに戻るあいだ、私は自分の愚かさを悔やみ続けた。執事をロープに追い詰めたも同然だったのに、最後の一撃を焦るあまり、拳を逸らしてみすみす相手を逃がしてしまったのだ。こうなると、去り際に残した脅しが功を奏さないかぎり、話を引き出すのは無理かもしれない。

ホテル前の縁石沿いに車を停め、部屋へ上がってベッドに体を投げ出した。キンケイドに会うまでまだ数時間あるので、ウェンドールが知っていることは何なのか、少し考えてみることにした。

もし彼が誰にも喋っていないのなら、ケイティが誰かと話しているところを目撃した可能性はないだろうか。いや、それはない。ケイティは私に、誰にも話していないと言っていたのだ。彼女がそんな嘘をつく理由がない。だったら、ウェンドールはいったい何をしたのか、あるいは何を見たのか……。

手がかりが見つかることを期待して、知るかぎりの出来事を整理してみた。ドラッグストアを出たあと、ケイティは私と待ち合わせていた街角へと歩いたに違いない。そして、ウェンドールも数秒後に店を出てそちらに向かった。するとケイティが彼に気づいて、つけられているのではと疑い、立ち止まってショーウィンドウを見るふりをしたので、ウェンドールは通り過ぎるしかなかった。ということは、向かいのホテルの方向へ歩いたことになる。私が部屋で靴と上着を身に着けているあいだにホテルの前を通過したのだろう、私が出てきたときに彼の姿はなかった。というより、周囲には誰もいなかった……。

そのとき、突如ひらめいた！　ウェンドールは通りを歩いていたとき、今と同じようにホテル前に停めてあった車の後部座席に乗り込む人物を見かけたに違いない。その時点では私の車だと知らなかったとしても、その人物は顔見知りだった。それで殺人事件のことを聞いたあと、二つを結びつけて事実に気がついた。つまり、ウェンドールはケイティを殺した犯人に目星がついているのだ！

なぜ彼は、警察へ行って知っていることを話さないのだろう。殺人の捜査に巻き込まれるのを恐れているのかもしれないし、あるいは雇い主との関係がまずくなるのを心配してのことかもしれない。だがそれ以上にありそうなのは、あとでうまく利用しようと企んで黙っているという線だ。ブルース・トレヴォートンの死に関して、ラムジーも同じことをしていると私は睨んでいる。いずれにしても、ウェンドールの動機は今はどうでもいい。重要なのは、彼がケイティ殺人事件の鍵を握っているということだ。

直ちにトレヴォートン家へ取って返し、ウェンドールから本当のことを訊き出そうとベッドから跳び下りたが、そこでふと思い直した。先ほど私は失態を犯している。今戻れば、いくら事実を知っているはずだと責めたてたところで、私に証明する術《すべ》はないとたかをくくって、また口を閉ざすだけだろう。それより、この件はライリーに任せたほうが得策だ。せっかくつかんだ実質的な最初の突破口を他人に委ねるのは悔しいが、受話器を取り、警察本部に電話をかけた。

しかし、電話に出たのはライリーではなく、今朝話したパターソン巡査部長だった。

「ライリー警部補はまた不在でしてね。いつ戻るかわからないんです。戻ったら電話するよう伝えましょうか」

「一時間以内に戻ってこなかったら、その必要はない」と、私は答えた。「それより遅かったら君から伝えてくれ。ケイティ・ジェンキンスを殺した犯人が昨夜、私の車の後部座席に乗り込むところをトレヴォートン家の執事が目撃したと思われるんだが、私にはどうしても話してくれそうにない。だから、そっちは任せる、とな」

電話を切ると、再びベッドに横になった。これで必要なことはすべて済ませた。

時間はまだ三時半前だった。

第十六章

五時十五分前に起きて、これから取りかかる夜間の仕事に備えて古いズボンとセーターに着替え、何か腹に入れておこうと部屋を出た。服装のせいもあったが、記者に出くわしてまくのが面倒なので、ホテルのダイニングではなく、一ブロックほど先にある軽食堂へ行った。結構いける安い定食を平らげ、キンケイドの家に徒歩で向かった。

着いてみると、キンケイドがすでに待っていた。私と同じようにズボンとセーター姿だったが、右のポケットに、私にはない怪しげな膨らみがある。

「それは何ですか」私はポケットのふくらみを指さした。

キンケイドは少しきまり悪そうにニヤッと笑い、小型のオートマチック拳銃、コルトを取り出した。「こいつが必要になるかもしれないと思ってね」

「いったい何のために？」と、私は厳しい口調で訊いた。「犯人を捜しに行くわけじゃない。手がかりを見つけに行くだけなんですよ」

「君は少しも考えなかったのかい？　両方に出くわす可能性だってないとは言えんだろう」訝る私の視線に応え、言葉を継いだ。「午後、君が電話をくれたあといろいろと考えてみたんだよ。

ブルースの死が事故によるものだと誰も疑わないうちは、犯人は何も心配する必要はなかった。ところが事態がまずい方向に動きだし、自分の身に危険が及びそうになった今、話はまったく違ってくる。そこで思ったんだ。別荘に手がかりを見つけに行くことをわれわれが思いついたのだから、犯人も思いつくのではないか、とね」

「なるほど。われわれが手がかりを探しに行くように、犯人は証拠が発見されないことを確かめに行こうとするかもしれませんね。別荘で何かがつかめる可能性は確かにあります。あくまで可能性ですがね。ただし万が一そういうことになっても、そいつをむやみにぶっ放すのだけはやめてくださいよ。われわれはもう、充分トラブルを抱えているんですからね」

キンケイドはむやみに撃たないと約束した。

「すぐに出よう」と、キンケイドが言った。「そうすれば、真っ暗になる前に湖に着ける。夜の運転は嫌いでね、特に山道は」

帰りはどうするつもりなのか、ひょっとして徹夜になると思っているのか尋ねようとして、はたと気がついた。おそらく、夜道の運転が嫌いだというのは一刻も早く出発するための言い訳だ。そんなに急ぐのは、本当に向こうで何か発見できると期待しているからなのだろう。それとも、ほかの人間に先を越されるのを心配しているからなのか……。

「ところで」ウェインウッドの町を離れ、西に向かいながら私は訊いた。「トレヴォートン夫人の具合はどうですか」

「夕方覗いたときには、私が処方した鎮静剤でまだ眠っていた。あと八時間は目覚めないでいてくれるといいんだが。ショックを和らげるには、それがいちばんだからね」

キンケイドは一分ほど黙って正面の道に目を凝らしていたかと思うと、おもむろに口を開いた。

「突拍子もない考えだと思うかもしれないがね、ダヴェンポート。私は、リンダが本当にラムジーを夫だと思ったのではないかという気がしているんだ。それ以外に、例の手紙を見せられてあんな倒れ方をした理由の説明がつかない」

私にはもう一つ説明のつく理由が思い浮かんでいたのだが、話したところでキンケイドが受け入れるわけはなく、それどころか、こっちがクビになるのが落ちだろう。それは、自らの犯行が明るみになったとき、殺人犯はあんなふうに自制心を失うことがある、というものだ。

「ブルース・トレヴォートンを殺したのは誰だと思います?」と、私は尋ねた。

キンケイドは頭を動かさずに横目でこちらをちらりと見た。

「わからん」

「トレヴォートンを殺したいほど憎んでいた相手にまったく心当たりがないって言うんですか」

言葉の端にわざと不審げな響きをにじませた。

「逆だよ。そういう男を二人知っている」と、キンケイドは答えた。「私と、ケイティの祖父ジェンキンス牧師だ。だが、誰が殺したと思うか、という質問はそれとは別だ」

私は追及を断念した。向こうがそんな屁理屈をこねるのなら、これ以上この話題を続けても無駄だ。ハリスバーグでサスケハナ川を渡り、南西を目指してブルー山脈へ入った。午後八時をすぎても、標高の高さとサマータイムのおかげで、まだ暗くなりきってはいなかった。それでも、くっきりした影のない薄暮の中では距離感がつかみにくく、キンケイドはヘッドライトを点灯させた。

スイッチを入れたとたん、周囲の暗さがそれまでより三倍は濃くなり、あらゆる方向から闇が襲いかかってくる感じがした。まるでわれわれの来訪に憤っているようだ。暗闇を貫くヘッドライトの光がいったんは目の前の闇を押しのけるのだが、通り過ぎるそばから再び背後がどんどん閉ざされ、退路が断たれる気がする。

私は田舎を走ったことがあまりなく、夜はなおのこと慣れていなかった。そのせいかもしれないが、キンケイドが幹線道路から湖へ続く狭い田舎道に入っていったとき、敵地に足を踏み入れている気分に陥った。前方の松とピンオークの木々のあいだにちらちらと揺らめく水面が見えてきた頃には、別荘に向かうわれわれと同じ計画を犯人も思いつくかもしれないというキンケイドの考えが現実になるのでは、という確信めいた思いにとらわれていた。

キンケイドも同じことを思ったのか、手を伸ばしてライトのスイッチを切った。

「われわれの到着をわざわざ知らせてやることはないからな」と言い、目が闇に慣れるまで車を停止させてから、再びゆっくりと慎重に進み始めた。舗装されていない乾いた道ではタイヤの音はほとんど聞こえず、ぎりぎりまで落としたエンジン音は、キリギリスやアマガエルの鳴き声にすっかり溶け込んでいる。

湖のこちら側には五、六軒の別荘が立っているだけだった。木立や藪に囲まれてそれぞれの家は離れており、いずれも湖に面していた。キンケイドはなかでもいちばん大きな建物の前で車を停めた。

車を降りたとき、それまで思いつかなかったあることが頭に浮かんだ。

「別荘の鍵は持っているんですか」

「いや。鍵はいつも置いてあるんだ。場所はわかっている」

そう言いながら、すでに足は建物に向かっている。ポーチの端にある階段の両脇に石製の植木鉢が一つずつ置かれていた。左側の植木鉢に手を入れて少しのあいだ中を探っていたキンケイドがその手を抜いた――植木鉢は空だった。

「鍵がない」と、彼が言った。

「反対側の鉢にあるかもしれませんよ」

キンケイドはもう一方の植木鉢に手を入れてみたが、やはり鍵は入っていなかった。本当は二人とも、そちらにはないだろうと思っていた。

キンケイドが私を振り向いた。「きっとドアは開いているぞ。だが中へ踏み込む前に、家の外をもう少し見て回ったほうがいいだろう」

私は反対した。「もし中にいる人間がわれわれの車の音を聞きつけていたら、こちらを迎え撃つか逃げるかする猶予を与えることになります。車の音を聞いていないとしても、辺りをうろついているのを窓から見られるかもしれない。相手の不意を突くチャンスがある今のうちに中へ入るほうが得策だと思います」

「君の言うとおりだな」と、キンケイドは同意した。「だったら行こう」

キンケイドが拳銃の入ったポケットに手をやるのを見て、私は手を伸ばした。

「それは私が持っていたほうがいいでしょう。今のあなたのように、誤った場面で使ったりはしませんからね」

キンケイドはどうでもよさそうに肩をすくめ、銃を私に寄越した。それをポケットにしまおうとしたとき、予期せぬことが起きた。目の前の玄関からいきなり懐中電灯が照らされ、われわれの姿がくっきりと浮かび上がったのだ。すると光の背後から声がした。

「二人とも武器はなしだ。そいつをさっさとしまって入ってこい」

たった今キンケイドに言ったことには反するが、私は光に向かって引き金を引くのを必死にこらえた。その声には聞き覚えがあった。エメット・ラムジーの声だったのだ。次の瞬間、自分の正体を知らせるかのように懐中電灯の向きを変えたので、男の顔が光の中に映し出された。

キンケイドが息をのんだ。「まさか！」とうめいた気持ちもわからないではなかった。おそらく、周囲の暗闇から切り離された丸い光に頭と肩が照らし出されたその姿が、まるでブルース・トレヴォートンの幽霊のように見えたのだろう。

「ここで何をしているんだ、ラムジー」ポーチの階段を上りながら、私は訊いた。

「キンケイドと君も同じことを考えたようだな、ダヴェンポート。車の音が聞こえたときには誰かと思ったんだが、君たちだったとは……」と思わせぶりな言い方をしながら、われわれがついてこられるよう懐中電灯で床を照らしてくれた。

「私もほんの十分前に来たんだ」広いリビングを歩きながらラムジーが続けた。「この懐中電灯だけにしようと思ってたが、三人揃ったからには、明かりをつけてもいいだろう」

ラムジーはテーブルの前で足を止め、懐中電灯を端に置いた。その明かりで、ガラス製の背の高い古風な筒形の石油ランプが見えた。ラムジーはランプを手に取り、石油が残っているのを振って確かめてから、円筒部分を外してマッチで火をつけた。自信に満ちたその態度も、われわれがここにいるのを当然のように受け止めている様子も気に入らず、私はラムジーに嚙みついた。

「誰の差し金で、ここで探偵の真似事をしているんだ」

ラムジーはランプの円筒を戻してから答えた。

「誰にも指図などされていないさ、ダヴェンポート君。ただ、午後になってふと気がついたんだ。今朝、君とライリーに私がした話をはっきりと裏づける証拠は何もないのだ、とね。そして、殺人事件の捜査においては、自分がどういう立場に立たされているのか実際のところはわからないだろう」

「ああ、そうかもしれんな」ラムジーの気取った喋り方を真似て私は言った。「しかしな、たちまちわかることだって、ないわけではないんだぜ。なあ、もういいだろう。すでに正体を認めたんだ。いいかげんブルース・トレヴォートンのふりはやめて、ここで何を探していたのか白状したらどうだ」

ラムジーは驚いたようにきょとんとした目で私を見ると、今度は普通の口調で話しだした。

「わかったよ、君らには正直に話したほうがよさそうだ。私が今夜ここへ来たのは、あるものを探すためだ」キンケイドのほうにも顔を向け、話の輪に加えた。「二カ月前、ブルースと二人きりでここにいた数時間のあいだに、彼が何かに書きつけているのを二度ほど見かけた。そのときは会計帳簿だろうと思ったんだが、あとになって、違うのではないかと思い始めた。深刻な問題に直面している人間が、わざわざ家計簿をつけるのは妙だからな。もしかすると、最悪の事態が現実のものとなったときのために書き留めていたのかもしれないと考えた」

「つまり、トレヴォートンは自分が殺されるかもしれないと思っていて、犯人の名を日記に書いたって言うのか」

ラムジーは、ふっと恥ずかしそうに笑った。「メロドラマみたいに聞こえるのはわかってる。だが、あり得ない話じゃないだろう」

「すぐにわかるさ」と、私は言った。「あんたが見たとき、そのノートはどこにあった」

「寝室の机の上だ」

ラムジーはランプを手に取り、部屋の端から二階に通じる丸太作りの階段を上がり始めた。私もあとに続き、家に入ってから一度も口をきいていないキンケイドが最後尾を歩いた。

二階にある三部屋はどれも寝室で、どうやら洗面所は屋外にあるようだ。ラムジーは建物の正面に面した部屋へ向かった。

「ここがトレヴォートンの部屋だ」と言いながら、ランプを手に先に立って部屋に入っていった。

「私は階段のすぐ上の部屋に泊まっていた」

部屋の中には寝心地のよさそうな大きなダブルベッドがあり、トレヴォートンの遺体が見つかって以降、整えられた形跡はなかった。シーツも毛布も、死んだ朝に彼が脱け出したままのようだ。そのほかに、洗面用具が置かれたドレッサーと、椅子が二、三脚あった。だが最も目を惹いたのは、窓際にある小さな平机だった。机の中央に、堅い背表紙のついたノートが置かれている。私は近寄ってそれを取り上げた。「これがそのノートか?」振り向いてラムジーに尋ねる。ラムジーは頷いて「そうだと思う」と答えた。「といっても、確かめたわけじゃないけどな」

表紙を開けてみた。初めの数ページには支出などが記載されていたが、六ページ目くらいになると記載が途絶え、その右側のページは空白だった。次も空白なのだろうと思いながらページをめくると、今朝、警察本部で見たトレヴォートンからの手紙と同じ力強い文字がびっしりと書かれていた。

「これだ!」と、ラムジーが大声を上げた。「トレヴォートンが死ぬ直前に書いていたのは、これに違いない! 読んでみてくれ」

まずライリーが読むべきだと言おうと思ったのだが、好奇心には勝てなかった。そこで、ラムジーがランプを置いたドレッサーのところへ行き、ノートを読み上げた。

「四月十三日。いつもの日記を忘れてきてしまったので、去年の夏、何事にも細かいリンダが別荘での生活費を書き留めていたこの古い家計簿を使うことにする。もしかすると、日記をつけるというこの子供じみた習慣はじきに破ることになるかもしれない。一両日中に、ブルース・トレヴォートンもその習慣も、少なくとも世間に存在しなくなるからだ。だが、私の計画が失敗し、彼らの企みが成功したときのために、記録を残しておくのが賢明だと思う。彼らとは、もちろんリンダとアンガス・キンケイド医師のことだ」

私は読むのをやめ、キンケイドを見た。「これはどういうことですか」

キンケイドは頭を横に振った。本当に当惑しているのでなければ、完璧な演技と言える振り方だった。

「さっぱり見当がつかない」と、彼は答えた。「リンダと私は、ブルースにはもちろん、何に対しても企てなどしたことがない」

「ケイティと私は今朝、ここへ到着した。たぶん明日か明後日にはラムジーがやってくるだろう。そうしたら、ケイティと短い休暇を楽しみに出かけるあいだ私の代役を務めてもらう計画を説明する。私の疑念が正しかった場合、彼を引き込むことに良心の呵責がないとは言えない。だが、自己防衛という問題に直面している今、倫理観にこだわっている余裕はない。それにラムジーは以前、対価が充分であれば何でもすると言っていた。今こそ、それを証明してもらう時だ。殺人の代役――スリラー映画のタイトルにはもってこいだ」

「なんてこった!」ラムジーが声を上げた。その顔に恐怖の色が広がっている。「どういう意味かわかるか。ブルースは誰かが自分を殺そうとするとわかっていて、そうなったとき身代わりにさせるために私を呼んだんだ!」

キンケイドは何も言わず、太い眉を寄せた。私は続きを読んだ。

「五月一日。ちょっとした手違いがあったが、計画に支障はないと思う。ジェンキンス老人がケイティと私のことを嗅ぎつけ、別荘に乗り込もうとしているという匿名の電話があったのだ。カーライルでバスを降りたあとはヒッチハイクをするほかないはずだから、夕方までにここに到着するのは無理だろう。だが、あとで迎えに行くと説き伏せてケイティは帰した。ラムジーが来たときに彼女がいないのは、かえって好都合かもしれない。ケイティは私の計画の全容を知らないのだから」

「同じく五月一日。ラムジーは午後四時頃に到着し、数週間、私の代役を務めることに同意した。ジェンキンス老人とキンケイドのことは話した。これで、危険があることを知らせなかったとは言わせない」

さらにページをめくった。もう一ページ、五月二日付の記述があった。

「私の計画はすべて無駄になった。必要なかったのだ。昨夜十二時少し前、リンダが離婚に応じたとキンケイドが車で知らせに来た。機嫌がよかったのは、たぶん自分が説得したと自負していたからに違いない。一緒に祝杯を挙げたあと、リンダがすぐにリノに発つことを約束し、彼はウェインウッドに戻った。こうなったからには、ケイティと休暇に出かけ、ラムジーをハリウッドに帰そう。もう少しで死ぬところだったと知ったら、ラムジーはどう思うだろうか」

日記はそこで終わっていた。私はノートを閉じ、二人に目をやった。ラムジーは額をハンカチで拭っていた。その顔には間の抜けた笑みが浮かんでいる。知らないうちに命拾いしていたことに気づいた、という表情だ。

キンケイドは相変わらず眉をひそめていた。私は彼に視線を向けた。

「トレヴォートンが殺される前の晩ここへ来たことを、なぜ黙っていたんですか」と咎めるように訊いた。

キンケイドと目が合うと、彼は先ほどと同じように困惑して首を振った。

「いや、来ていないんだ。それを書いたとき、トレヴォートンは酔っていたか、頭がどうかしていたに違いない。私は二週間後に彼の遺体が湖から引き上げられるまで、ここには近づきもしなかったんだ！」

第十七章

キンケイドと私は、彼の車でウェインウッドに戻った。ラムジーは、別荘の脇に停めていた車で後ろからついてきた。私たちが別荘に到着したときには、その車に気づかなかった。

途中ほとんど口をきかなかったが、ホテルの前に着いたところでキンケイドが訊いた。

「明日の朝、あのノートをライリーに見せるのか」

そうするつもりだ、と答えた。

「ライリーはそれをどうすると思う」

「わかりません。私自身、どうすべきかわからないくらいですから」

そこでキンケイドは別れ、私はホテルに入った。

エレベーターに向かう途中、立ち止まってメールボックスをチェックすると、電話があったというメモが二枚入っていた。一つ目は執事のウェンドールから五時二十分にかかってきたとあり、戻ったらすぐにかけ直してほしいと書かれていた。二つ目はライリーからで、八時半にかかってきたようだ。二枚のメモをポケットに押し込み、自分の部屋へ上がった。

執事から電話があったことに、私はにんまりした。つまり私の脅しが功を奏し、喋る気になったということだ。おそらく、迎えに行ったライリーにおおかたの事実を話したのだろう。きっとライリーからの電話もその件に違いない。ライリーに電話してウェンドールが何を話したのか訊こうかとも思ったが、すでに午前一時を回っているので自宅にかけなければならず、たぶん彼を叩き起こすことになってしまう。私は朝まで待つことにした。

警察本部のライリーのオフィスを訪ねたのは、午前十時十五分だった。

デスクの向かいにある椅子に座って尋ねた。「遺体の掘り起こしはうまくいったかい？」

ライリーはいつものくたびれた目つきで私を見た。「たぶんな。解剖報告を待っているところだ」

「たぶん、だって？　立ち会わなかったのか」

「ああ。あそこはパターソン巡査部長に任せて、私はトレヴォートン家の執事を迎えに行ったんだ」

「やつは何を話した」

ライリーはまたもや世の中にうんざりしたといった目つきを私に向け、言った。

「何も話さなかったんだよ、ダヴェンポート。私が行ったときには殺されていた」

「何だって！」あまりの驚きに椅子から跳び上がりそうになった。「いつ？　どうやって？」

ライリーは詳しく話してくれた。彼は六時半頃、遺体発掘に立ち会う検死官と衛生局の役人に会うためオフィスに戻った。そこでパターソン巡査部長から執事に関する私の伝言を聞かされ、遺体発掘の件はパターソンに任せてすぐにトレヴォートン家へ急いだ。

到着したのは七時すぎだった。ベルを鳴らしても返事がないので玄関のドアを開けて中に入った。

廊下を隔てて客間の向かいにある書斎から女性の悲鳴が聞こえ、ライリーはその部屋へ駆けつけた。そこにいたのは、すべてのたがが外れたかのように叫び続けるメイドと、自分も叫びそうになりながらも懸命にメイドをなだめている料理人だった。部屋の中央に二発の弾丸で胸を貫かれた執事の死体が横たわっており、凶器の拳銃が遺体から数フィート離れた床の上に転がっていた。

ライリーと料理人がどうにかメイドを静かにさせると、二人の女性は事情を説明してくれたが、たいして役には立たなかった。メイドは四時半頃まで二階のトレヴォートン夫人に付き添っていた。夫人がぐっすり眠ってしばらく目覚めそうになかったので、料理人とお喋りをしに階下に下りた。二人は使用人の部屋へ行って六時半までそこにいたそうだ。それから料理人は夕食の支度のためにキッチンに行き、メイドは夫人の様子を見に二階に上がった。

夫人はまだ眠っていたので、自室に戻ってお手洗いを済ませ、再び一階に下りた。書斎の前を通りかかったとき、開け放たれたドアからたまたま中が見え、床に倒れている執事が目に入った。何事かと思って近づくと、彼はすでに死んでいたのだった。

メイドも料理人も銃声は聞かなかったと証言したが、それは無理もないことだった。使用人の部屋は、家の正面とは二つの厚いドアで仕切られていたからだ。しかもちょうどその時間、ラジオをつけていたのだという。

「銃はたどれそうか」説明を終えたライリーに訊いた。

「たどるまでもない」と、ライリーは答えた。「ブルース・トレヴォートンが所有していた拳銃で、書斎の机の引き出しに保管してあったものだ。メイドと料理人、二人ともが特定した」

「リンダはどうなんだ」彼女も銃を特定したのか、という意味で訊いたのだが、ライリーは誤解したようだった。

「メイドの証言では、彼女は眠っていた。お前さんが言っていた気を失った一件のあと、キンケイドが鎮静剤を処方したそうで、それが効いていたらしい」

「だったら、彼女は容疑者から除外されるな」

ライリーは悲しげな顔で首を振った。「残念ながら、そうとは言えないんだ。メイドが言うには、四時半からリンダはずっと一人だった。検死官の見立てでは死亡時刻は五時から六時のあいだだ。夜、眠れないようだったら飲ませるようにとキンケイドは睡眠薬を置いていき、メイドが寝室を出たとき、薬の入った箱はベッド脇のテーブルにあったそうだ。リンダが目覚めて一人きりなのに気づき、そっと一階へ下りてウェンドールを撃って、アリバイ工作のために睡眠薬を飲んだってことは考えられなくもない」

「それがあんたの推理なら、証明するのに苦労しそうだな」

「それが、そうでもないんだ。お互いのアリバイを証言するメイドと料理人以外、家には誰もいなかった。それにウェンドールがトレヴォートンの拳銃で撃たれたのだから、外部犯の可能性は消える」

「だが、リンダの動機は何だ？　彼女は執事が私に何を話そうとしていたか知らなかったはずだ――」

そこで私は、はっと口をつぐんだ。

「どうした」と、ライリーが尋ねた。「何か思いついたのか」

そのとおりだった。私は五時二十分にウェンドールからもらった電話のことを思い出したのだ。もし、リンダが一階に下りたときにその電話を聞いたとしたら……私はしぶしぶそのことをライリーに話した。

「だが、私は不在だった。だから、ウェンドールが私に話そうとしていた内容まではわからなかったはずだ。それに、まさか私の車の後部座席に潜り込んだのがリンダだったなんて言わないだろう？　百歩譲ってリンダが夫に毒を盛ったとしても、ケイティ殺しが彼女の仕業だとはどうしても思えない」

「共犯の線はないか？　ウェンドールがお前さんに何を話すつもりだったのかリンダが知らなくても関係ない。何かを話そうとしていたという事実だけで充分だ」

「彼女を逮捕するつもりか」

「いや、まだだ。現段階では執事殺害の件でしか立件できない。夫の死に加担した証拠をつかまないかぎり、逮捕は無理だ。地方検事は両方の事件での立件ができるまで待て、と言っている」

「検事のところまで話が行っているのか」

ライリーは頷いた。「お前さんとキンケイドが昨夜どうしたのか、まだ聞いていないな」彼は急に話題を変えた。「何か見つかったか」

「これだ」私はそれまですっかり忘れていたノートをライリーに渡した。

怪訝そうに眉を寄せ、ライリーはノートの中身とブルース・トレヴォートンの死のつながりを探すかのように、最初の数ページをめくった。そして日記が始まるページまで来ると、ノートをデスクの上に広げ、デスクの端に両肘をついて熱心に読み始めた。

読み終えたライリーは椅子に背中を預け、頭の後ろで手を組んで天井を見つめていた。

「つまり、トレヴォートンが死んだ前の晩、キンケイドは別荘に行っていたわけだ」

「本人は否定している」と、私は早口に言ったが、そもそもトレヴォートンは二人の話し合いが友好的だったと書いているのだから、キンケイドが別荘に行ったかどうかはどちらでもいい気がした。「それを書いたときトレヴォートンは頭がどうかしていたに違いない、と言ってる」

ライリーが口を開く前にドアが開き、パターソン巡査部長が入ってきた。書類を数枚手にしている。

「警部補、無線電送写真でロサンゼルス警察に問い合わせた指紋の照合結果が、たった今航空便で届きました」と言いながら、パターソンは書類を一枚デスクに置いた。「あちらの記録に残っているエメット・ラムジーの指紋と照合したところ、一致したそうです」

ライリーは苛立った様子で書類を押しやった。「もう、これは必要ない。ラムジーはすでに自分の正体を認めているんだ。検死結果の報告は届いたのか」

「はい。それもお持ちしました」パターソンは二枚目の書類を手渡した。

ライリーは書類を両手で持ち、じっくり目を通した。そして開いたノートの上に書類を置くと、デスク越しに私を見た。疲労感の浮かんでいた目は、満足げな笑みに変わっていた。

「やったぞ」と、彼は言った。「検死の結果、トレヴォートンの死因はヒ素中毒だった。その事実とこのノートに書かれた内容を考え合わせると、三件の殺人はいずれもリンダ・トレヴォートンとアンガス・キンケイドの犯行と見ていいだろう」

「ちょっと待ってくれ」私は反論した。「トレヴォートンの毒殺は証明できるかもしれないが、だからといってリンダが毒を盛ったことにはならないんじゃないか。そのノートに書かれていることは、むしろキンケイドの無実を物語っていると思う」

ライリーは騙されやすい私を憐れむようにこちらを見た。

「キンケイドの訪問が友好的だったと書いてあるからか」と、彼は訊いた。「そんなのは、トレヴォートンに毒を飲ませるために装っただけだ。それ以外に毒を飲ませる方法があると思うか」

ライリーは、新たな指示に備えてそばに控えていたパターソンを振り返った。

「パターソン、私の名前で逮捕状を二通取ってくれ。一通はリンダ・トレヴォートンの逮捕状だ。容疑は執事のハーバート・ウェンドール殺害と、夫ブルース・トレヴォートンおよびウエイトレス、キャサリン・ジェンキンス殺害の共犯だ。もう一通はアンガス・キンケイド医師のだ。ブルース・トレヴォートンとキャサリン・ジェンキンス殺害、およびハーバート・ウェンドール殺害の共犯容疑。いや、待て。ウェンドールの容疑は省いたほうがいいな。キンケイドが執事の殺害について関与していたことを証明するのは難しい」

「全部省いたほうがいいと思うぞ」私は口を挟んだ。「ほかの容疑者はどうするんだ。捜査しないつもりか」

ライリーは私を振り向いた。「ほかの容疑者とは？」

「ジェンキンス牧師はどうだ」と、私は言い返した。「彼は孫娘を誘惑されたと思ってトレヴォートンを憎んでいる。それに、ジェンキンス牧師が別荘に向かっていると警告した匿名電話の件もある。トレヴォートン殺しをケイティに気づかれ、不倫を忌み嫌う狂信的な宗教心から、ケイティは死ぬべきだと考えて手をかけた可能性だってある。執事については――」

私が言い終えるのを待たず、ライリーが割って入った。

「ダヴェンポート、依頼人を守りたい気持ちはわかるが、そのためにジェンキンス牧師を犠牲にはさせん。そもそも、トレヴォートンへの匿名電話などなかったのさ。昨日の午後、電話会社で長距離電話の記録を調べたら、五月一日もそれ以外の日も、この町からローレル湖にかけた電話はなかった。ラムジーが来たときにケイティがその場にいないようにするための口実を作ったんだろう。確かに、なぜトレヴォートンが詳細な日記を遺したのかは説明できんがな。それにだ――」申し訳なさそうに、再びくたびれた笑みを私に向けた。「昨日の午後、お前さんがここに来ていた頃、エメット・ラムジーをブルース・トレヴォートンだと思い込んでいたジェンキンス牧師は、やつに鉄槌を下そうとして逮捕されたんだ。だから彼には、執事殺しについては完全なアリバイがあるんだよ。なんたって拘置所に入っていたんだからな！」

第十八章

リンダとキンケイドはそれから一時間と待たずに逮捕され、直ちに判事の前に引き出された。私がキンケイドに情報を漏らすのを、ライリーは恐れたのだろう。

そのことを聞いてすぐに私は警察本部に出向き、二人に面会を申し込んだ。会えるとは思っていなかったのだが、驚いたことにライリーは許可してくれた。厳密には、キンケイドへの面会が許されたのだった。

「リンダはまだショック状態で、刑務所の病院に入院している。面会謝絶だ」と、ライリーは説明した。「だが、キンケイドとは話してもかまわん。無実の人間を追い詰めるつもりは毛頭ないから、お前さんがやつの無実を証明できるっていうんなら、いくらでも力になる。だが、これだけは言っておこう。どうせ時間の無駄だぞ」

だとしても、とにかくやってみる、と私は言って、ライリーが書いてくれた許可証を手に拘置所にいるキンケイドに会いに行った。

キンケイドは簡易ベッドの端に座って煙草を吸っていた。私を見て、いけ好かない陰気な笑みを浮かべ、隣に座るよう合図した。

「いいですか」看守が立ち去って二人きりになるや、私は語りかけた。「面会は五分だけですので、急いで話しましょう。弁護士は呼びましたか」

「まだだ。だが、必要なときが来たらちゃんと呼ぶよ」と答えてから、嫌な笑みをまたつくって付け加えた。「でも弁護士にしてもらうことはあまりないだろうがね。私は有罪を認める。三件の殺人とも、私一人の犯行だと主張するつもりだ」

私は耳を疑った。「何をするつもりですって？」

キンケイドはベッドの端で煙草をもみ消した。「心配するな、実際にはどれもやっていないさ。だが、私がやったと認めるしか、リンダを救える方法はないんだ」

「彼女がやったんですか」

「もちろん違う。しかし、どうやら私たちに不利な証拠はかなり強力らしい。そうでなければ、ライリーが逮捕に踏み切るわけがないからな。私はライリーのことも地方検事のことも知っているが、二人とも、有罪判決を勝ち取れるという確信なしにこんなことをする人間じゃない。どうせ二件の殺人の罪を着せられるのなら、三件すべてを私がやったことにして、リンダを釈放させるほうがいい。何件の殺人で有罪になろうと、死刑は一度だからな」

「でも、もし私があなた方の無罪を証明できたら？」と言いながら、どうやって証明するかは訊かないでくれ、と心の中で思っていた。実を言えば、何の手だても思い浮かばなかったのだ。

幸い、キンケイドは何も訊かなかった。

「やりたければ、やってみたまえ」と、興味なさそうに答えた。「だが、おそらく見込みは薄いだろう。リンダへの仕打ちに腹を立てた私がブルース・トレヴォートンを嫌悪していたことは、誰もが知っている。私がリンダを愛していることもだ——彼女がハリウッドへ行く前からね」当然私も知っているだろう、という口ぶりだった。「それに、昨夜見つけたトレヴォートンのノートに書かれていた内容のせいで、私は絶体絶命だ」

「本当のことを言ってください。あそこに書かれていたように、あの晩あなたは別荘に行ったんですか」

「いいや。なぜトレヴォートンがあんなことを書いたのかわからない。考えられるとすれば……」キンケイドはふっと苦笑いをした。「私に負けないくらい向こうも私を憎んでいて、万が一自分が殺されたら、私を殺人犯に仕立てようと思ったのかもしれんな」

殺人の被害者によって犯人にされるとは！　探偵の私のキャリアをもってしても、かなり斬新な筋書きと言える。

そこへ看守が戻ってきて面会の終了を告げられた。こちらから連絡するまで早まった行動はしないようキンケイドに念を押して、私は拘置所を出た。

ホテルに戻る道すがら、キンケイドとリンダに降りかかった容疑を晴らすにはどこから着手すればよいのか頭をひねっていた。今のところ、捜査線上に浮かび上がっている手がかりには何一つ該当するものはなかった。そのどれを取っても、キンケイドかリンダに結びついてしまう。

ホテルのロビーを通り抜けようとしたとき、勤務に就いていた例のフロント係が私に気づいた。

「ダヴェンポート様、昨晩メールボックスにお入れした一つ目の電話のメッセージを読まれましたか」さも重大なことを耳打ちするように訊いた。

「ああ。だが、折り返しの電話はできなかった。彼はもう電話には出られなかったからな」

フロント係は私の言葉の意味を理解できなかったか、さもなければ煩わされる問題ではないと思ったようだった。よく考えてみれば、私も同じだった。

「あなたが電話にお出にならないとお伝えすると」と、フロント係は続けた。「折り返し連絡が欲しいというメッセージを残されて、それからリチャード・トレヴォートン様につないでくれとおっしゃったんです。リチャード様におつなぎしたあと、あなたに言われたとおり会話を盗み聞きしました」

ここに至ってようやく私にも重大なことに聞こえ始めた。

「でかした。そこで知ったことを話してくれたら昇進ものだぞ」

フロント係はにっこり笑ってデスクの上に手を伸ばした。取り上げたのは、鉛筆で書かれた一枚の紙だった。

「忘れないように書き留めておいたんです」と言って、その紙を私に手渡した。

書かれた内容に素早く目を通す。フロント係は二人の会話を脚本のように書き留めており、なかなかいい出来だった。

トレヴォートン「もしもし、リチャード・トレヴォートンですが」
ウェンドール「リチャード様、ウェンドールです」

トレヴォートン（苛立った声で）「ウェンドール、自宅からここへ電話はするなと言ったじゃないか。家からかけてるんだろう」
ウェンドール「はい。でも、重要なことですので、ぜひお知らせしたほうがいいと思いまして――」
トレヴォートン「重要なことなら、なおさら電話はまずい。まあ、もうしてしまったんだから仕方がない。用件は何だ。小声で話せよ」
ウェンドール「わかっています。お父様のことです。実は、お父様は――」
トレヴォートン「父のことなら、すべて承知している。話がそれだけなら――」
ウェンドール「それが違うんです。例の私立探偵が午後、ここへやってきまして。どうも嗅ぎつけたようなんですよ――」
トレヴォートン「何か話したのか」
ウェンドール「いいえ。でも脅されました――」
トレヴォートン「だったら、今後も何も話すな。それに、二度とここに電話をかけるんじゃないぞ。お前のせいでこの件に巻き込まれるのはご免だ」
（トレヴォートン氏が電話を切り、会話は終了）
私は紙を折りたたみ、ポケットに入れた。
「たいしたもんだ」と、フロント係に言った。「私の遺言書にお前さんの名前を入れとくよ。リックに電話をして、つながったら、今すぐ私の部屋で会いたいと伝えてくれ」

「その必要はない」突然、リック・トレヴォートンの声がした。「あんたが戻るのを待ってたよ、ダヴェンポート。話がある」

振り向くと、すぐ後ろにリックが立っていた。顔の右側も、麻痺した左側と同じように無表情だった。

「だったら楽しい会話になりそうだな」と言って、私はエレベーターに向かった。

二階へ上がるあいだ、どちらも言葉を発しなかった。部屋のドアを開けて中に入ると、私は二つある椅子の一つに腰を下ろし、もう一つを相手に勧めた。

「さあ、話してもらおうか。ウェンドールが殺される直前にかけてきた電話の件についてだ。それと、君が私には話すなとウェンドールに言ったのは何のことだったんだ」

「すぐに説明してやるよ」と、リックは言った。「だがその前に話しておきたいことがある」

リックは椅子の向きを変えてまたがり、背もたれの上で腕を組んで顔を載せ、私と相対した。

「前にも言ったがな、ダヴェンポート。俺はずっと継母のリンダが嫌いだった。ハリウッドで成り上がるために父と結婚したと思えてならなかったからだ。もしそうなら、彼女は充分すぎるほどの報いを受けたと言っていい。俺自身、ヨーロッパから帰国してケイティ・ジェンキンスのことを知ったときには耳を疑った。だが、リンダが逮捕された今となっては——正直に認めたほうがいいだろう。リンダを嫌った本当の訳は、若さゆえうぬぼれていた俺は、彼女が自分ではなくずっと年上の父を選んだことが理解できなかったからだ。ともあれ、彼女が犯していない罪のために刑務所に送られ、死刑になるかもしれないのを黙って見過ごすことはできない」

「なぜ、リンダがやっていないとわかるんだ」と、私は訊いた。

リックは組んでいた腕に少しのあいだ目を落とし、やがて別の質問を投げかけてきた。

「もし俺が、リンダが一つの殺人と関係がないと証言できたら、警察はほかの二つの事件についても彼女はシロだと納得するだろうか」

私は数秒間考えてから答えた。

「ああ。そう思う」

「よし、だったら話そう」リックがついに口火を切った。「俺は、リンダが父を殺していないことを証明できる。なぜなら、父は殺されてなどいないんだからな！　父は今、エメット・ラムジーを名乗ってこのホテルに宿泊している。ウェンドールがゆうべ電話で俺に話そうとしていたのは、そのことだ」

最初、私は何も言わなかった。驚いて口がきけなかったからではなく、話す気にもならなかったからだ。だが、そういうわけにもいくまい。私は気を取り直して口を開いた。

「惜しかったな、リック。三十分前だったら意味があったかもしれないが、今はもう、そんな話は通用しない。ライリー警部補がロサンゼルス警察に指紋を送って照合したんだ。彼は間違いなくエメット・ラムジーだ」

リックは私を真っすぐに見つめた。これほど驚いた男の顔は見たことがなかった。しかも彼は、顔の半分でそれを表現しているのだ。

「それに」と、私は言葉を継いだ。「昨夜、別荘でブルースの日記を見つけたんだ。そこに、リンダとキンケイドが自分を殺そうと企んでいると書いてあった。それが本当だと言ってるわけじゃない。事実――」

いきなりリックが椅子から立ち上がったので、私は言葉をのんだ。日焼けした顔が灰色に変わっていた。

「嘘だ！」と叫んだ。「わからないのか、そんなの嘘っぱちだ！　あんたの手で絶対に証明してくれ」

そう言って踵《きびす》を返し、乱暴にドアを閉めて出ていった。

あえてあとは追わなかった。あれほど興奮した状態では、有益な情報を得られるとは思えなかったからだ。それに、あれ以上の話を聞けるとも思えなかった。そこで私はゆったりと椅子に座って煙草に火をつけ、リックが最後に言ったことを思い返してみた。

トレヴォートンが日記に嘘を書いていたのは間違いない。まず、匿名電話はなかった。それに、リンダが離婚に応じるとキンケイドが言いに来たというのも嘘だ。そのほかにも嘘をついている可能性はあるだろうか。

トレヴォートンが自らを殺した犯人にキンケイドを仕立てようとしたという話を思い出した。だが、命が危険にさらされているときに、そんなことを考えつく人間がいるだろうか。それより、自分を殺そうとしそうな人物の名を残すほうが自然ではないのか。あるいは……。

いろいろと考えるうち、前の晩、別荘の寝室でノートを見つけたときのことを思い出した。乱れたベッド、ドレッサーの上に置かれた洗面用具、私がページをめくるのを見つめる、ランプの黄色い明かりに照らし出されたラムジーとキンケイドの緊張した面持ち、ノートを手に取ったときに目にした、机の表面をうっすらと覆う灰色の埃――。

頭に浮かんだ映像の中に、どこかしっくりこないものがあった。細かな記憶が間違っていなければ――そんなことは今まで一度だってないのだが――あそこにはないはずのものがあったか、あるいは、あるはずのものがなかった。

そのとき突然、鉄くずの入った箱の中に磁石が落ちたように、何もかもが一気に整然と並び始めた。キンケイドやラムジーが口にした、なんでもないように思えた些細な話が急に重要性を帯び、これまでどうしてもわからなかったことがすんなり説明できる。今や、トレヴォートンの日記のどの部分が嘘で、どれが真実か、はっきりとわかった。真実は、まったく違う意味に取れるよう巧妙に語られていたのだ。そして、なぜトレヴォートンがそんな書き方をしたのかもわかった気がした。

だが証明ができない。少なくとも、別荘での些細な事実を確認するまでは。それが事件の全容を解明する大きな一手となるに違いない。

ライリーに電話をしてすべてを報告しようと思ったが、すんでのところで思いとどまった。彼が協力してくれないことを恐れたからではない。まったく別の理由からだった。これまで二度、ホテルの部屋からライリーに電話をかけて数時間のちに誰かが殺されたのを思い出したのだ。新たな殺人が起きるとは思わなかったが、ある意味、それに匹敵することが起きないとは言い切れない。無実の人間を自由にする証拠が破棄されてしまうかもしれないのだ！

　警察本部へ出向いて直接ライリーに話すことも考えたが、それでは時間を食ってしまうし、彼が不在だった場合、居場所を探すのにさらに余計な時間がかかってしまう。先に証拠を押さえて、それから報告することにしよう。

　私は最寄りのスポーツ用品店に行ってカメラを購入した。犯人が私と同じことを思い出し、証拠を隠滅しに別荘へ向かったときのことを考えて、記録しようと思ったのだ。そしてレンタカーに飛び乗り、無我夢中で湖畔の別荘へ車を走らせた。

第十九章

別荘に着いたのは午後五時頃だった。太陽が湖の向こうに傾き始め、湖面を真鍮の板のようにきらめかせていた。湖の真ん中辺りで数人の少年たちがカヌーを漕いでいて、そのうちの一人が車に気づいてこちらに手を振った。私は別荘の住人であるかのように手を振り返した。

トレヴォートンの別荘前の木陰に車を停めて降りると、今の私と同じように、前の晩ここを出るときににやりと笑ってラムジーが植木鉢に入れた鍵を取り出した。皮肉なもので、ほんのちょっとした習慣に足をすくわれることもあるのだ。それについてもライリーに報告しなければ。

鍵を開けて別荘の中に入った。ブラインドは下ろされていたが、隙間から入ってくる光で階段へ続く通路はしっかり見える。カメラを小脇に抱え、二階へ上がった。

寝室は、埃ですら昨夜見たままの状態だった。それを見て私は安堵のため息をついた。つまり、犯人は私が思いついた点に気づいて先回りしてはいないということだ。

ベッドの端に座ってカメラにフィルムを入れながら、外の物音に耳を澄ました。だが、湖上の少年たちの歓声とどこかの別荘から流れるラジオの音以外、何も聞こえなかった。

フィルムを入れ終えると、カメラ背面の赤い小さな窓に「1」という数字が出るまで巻き、撮影態勢に入った。充分な明かりを得るためにすべてのブラインドを上げ、戸口まで下がって部屋全体の写真を撮る。

次にドレッサーへ行き、そこにあったブラシを動かして、ブラシの輪郭が埃でくっきりとしているのを写真に写した。ブラシを元の位置に戻してもう一枚撮り、撮影のために移動させた場所の埃が乱れていないことをきちんと確認した。そして今度は、机に歩み寄った。

窓から降りそそぐ強い光を遮ることに気を取られていて、背後の戸口から声がするまで、誰かが来たことに気がつかなかった。

「カメラを置け」と、声の主が言った。「クライマックスの幕は上がった」

驚いて振り向くと、その時々でブルース・トレヴォートンとエメット・ラムジーの名を使い分けていた男が戸口に寄りかかって立っていた。手にリボルバーを握っている。

真っ先に口をついて出た質問は、少々ばかげて聞こえただろうと思う。

「いったい、どうやってここへ来たんだ」と訊いたのだ。

彼は殴りたくなるような、いつもの傲慢な笑みを浮かべた。

「同じ手口に二度も引っかかるとはな、ダヴェンポート。お前がケイティと会った晩と同じように、車の後部座席に隠れていたのさ。午後、リックと話をしていたとき、私は隣の部屋にいて壁越しにお前たちの会話を聞いていたんだ。何度か電話を盗み聞きしたようにな。すぐに大急ぎで部屋を飛び出したので、リックと話をしていて、ノートに関する何かに気づいたのだろうと思った。だから、それが何なのか探ろうとあとをつけたんだ。そして、お前が店でカメラを買っている隙に車に隠れた」

電話を盗み聞きしたという箇所は受け流した。その件については、ホテルを出る前に見当がついていたからだ。

「つまり、自分がケイティを殺したと認めるんだな」

「そのとおり。ケイティは疑問を持ちすぎた。しかもその疑問をお前に話そうとした。ほかに誰を殺したか教えてやろうか」

「その必要はない」と、私は言った。「それなら、もうわかってる。昨日の夕方、私とパターソン巡査部長との電話を盗み聞きしたあと、執事を撃ち殺したんだよな。だが、あんたが自慢したいのはエメット・ラムジー殺しのことだろう」

相手の顔から笑みが消え、苛立ちの表情に変わった。

「どうしてわかったんだ」ほかの俳優に大事なシーンを取られて憤っているかのように、強い調子で訊いた。

「あんたの正体がブルース・トレヴォートンだってことをか？　まあ、それを証明するものはいろいろとあった。まず、ケイティは最初の晩にダイニングであんたに気づいた。彼女がそっと渡したメモについて私に話してくれたとき、あんた自身がそれを裏づけたんだ。ケイティは『何を企んでるの？』と書いていた。言い換えれば、死んだことになっているのに、どうして姿を現したのか、ってこと。トレヴォートンが死んでいないと確信していなければ出ない質問だ。そして昨夜、あんたは別荘の鍵の在り処を知っていて、帰るときに当たり前のようにそこに鍵を入れた。

ラムジーなら鍵の在り処は知らないだろうし、鍵をそこへ入れたこともないはずだ。そしてあんたがトレヴォートンだとすれば、湖から引き上げられた遺体はラムジーに違いない。二週間前にラムジー宛に書いた手紙を所持していた事実は、あんたがラムジーを殺害し、真相がバレないよう遺体から手紙を抜き取ったという決定的な証拠だ」

話しながら、私は少しずつ背後の窓へと後退《あとずさ》っていった。が、その動きに気づいたトレヴォートンは私の意図を察したらしい。

「湖の少年たちに合図を送ろうとしても無駄だ。そんなことをすれば、直ちにお前を撃つだけだ」と言ったあとで、トレヴォートンはさらに付け加えた。「もちろん、最終的にはお前を撃ち殺すつもりだってことはわかるよな。余計なことをしなければ、少しだけ長く生きていられるぞ。命あるかぎり……」ことわざを途中まで言いかけて肩をすくめた。

「下手な芝居はやめろ、この大根役者め！」と、私は嘲った。「自分の頭のよさを自慢したくて私を生かしているだけだろう。さっさと撃ったらどうだ。たった今あんたが言いかけたとおり、命あるかぎり希望はあるんだぜ」

この言葉に相手が怒って、反撃する隙が生まれるかと思ったのだが、そうはならなかった。

「確かにそのとおりだ」トレヴォートンは落ち着き払った声で言った。「誰にも知ってもらえなかったら、せっかく賢い頭を使っても、なんの面白みもないじゃないか。そしてまさに、その賢さゆえに、聞いてもらえる相手がお前しかいない状況なんでね」

トレヴォートンは一、二歩部屋の中へ足を踏み入れ、椅子を足先で動かして、リボルバーを私の腹に向けたまま腰を下ろした。

「私はずっと」トレヴォートンは再び話しだした。「リンダと別れたかった。そうすればケイティと結婚できるからだ。どうして、たいして頭のよくない小さな町のウエイトレスと結婚したかったのか。理由は簡単だ。それ以外に彼女を手に入れる方法がないからだ。ケイティの意地の悪い間抜けな爺さんは、私たちの関係を誤解していた。ケイティに愚かな面が多々あったのは否めないが、そこだけは賢かったんだ。今考えてみれば一年もしないうちに彼女に飽きた可能性は高いが、あの時点では問題じゃなかった。だめだと言われれば言われるほど欲しくなるものだ。それに私はいつも、欲しいものはどうあっても手に入れる主義でね」

楽な態勢に座り直し、さらに続けた。

「リンダに離婚を拒否された私は、ほかに彼女と別れる方法はないか考え始めた。最初はリンダを殺そうかとも思ったが、それでは私の犯行が発覚するリスクが高い。当然、それは避けたかった。そして、これ以上ない素晴らしい計画がひらめいたんだ。リンダを殺す代わりに私が殺されたと思わせられれば、リンダを厄介払いしてケイティと一緒になれる。しかも自分の金を、少なくとも財産の大半を手にできる方法——頭の悪い連中には絶対に思いつかない手口を思いついた。遺産の受取人をケイティにすればいいんだ。もちろん、あとで彼女に全部私に返却しろと説得しなければならんがな。

計画の概略をケイティに話し、死亡宣告されれば別の名前で合法的に結婚できる、と説明した。さっきも言ったようにケイティはあまり頭がよくなかったから、私の言うことを信じたよ。彼女に言わなかったのは、私の身代わりとなる遺体をどこで調達するかという点だ。ゆうべお前とキンケイドに見つけさせた日記に書いてあったあの部分は、事実だったのさ」

「なんて卑劣なやつだ！」私は唸った。「何の罪もない人間を、身代わりの遺体が欲しいという理由だけで殺すとはな」

まるで私が褒め言葉を口にしたと言わんばかりに、トレヴォートンは微笑んだ。

「殺人の動機としてはユニークだろう？　そしてこの計画の素晴らしいところは、私が絶対に有罪にならないことだ。ラムジーの遺体がブルース・トレヴォートンの名で埋葬されれば、私が容疑者になることはあり得ない。万が一、トレヴォートンの死が他殺によるものだったと明るみに出たとしても――まさか、自分を殺した罪で逮捕されるわけはないからな」トレヴォートンは悦に入った笑いを浮かべた。「話を元へ戻そうか。ケイティとこの別荘へ来たあと、ラムジーがやってきたときに彼女がいてはまずいと思った。私がやろうとしていることに怖気づくかもしれないし、あとで脅しのネタに使うかもしれない。だから、ケイティを一時的に追い払うために、爺さんがここへ押しかけてくるという匿名電話をでっち上げたのさ。

数時間後ラムジーが到着し、計画どおりに事は進んで、二週間後、遺体はトレヴォートンだと特定された。ところが問題が発生した。リンダと息子のリチャードが異議を唱えたせいで、私の財産が思ったほど早く整理できなかったのだ。しかも、しばらくすると、ウェインウッドで元の暮らしに戻ったケイティは新たなボーイフレンドたちと付き合いだした。私は、リンダかリックが遺言書を無効にするんじゃないかと不安になった。そうでなくても、金を手にしたケイティが私を裏切るかもしれない。いずれにしても、私は貧乏くじを引いて、空っぽのバッグを手に放り出されてしまう。それで、こうなったら、もう一度生き返って交通事故を言い訳にし――言っとくが、事故に遭ったのは本当だったんだぜ――元通りの自分の人生を取り戻すしかないと思った。せっかくの賢い計画を台無しにするのはもったいないが、自分の身が危うくなるのはご免だからな」

　聞きたかった話はすでに充分聞けたので、今こそ行動を起こすときだと判断した。トレヴォートンの話の最後のあたりで、私は彼の背後の廊下に目をやった。唐突に半歩前に踏み出す。

「やめろ、君たち！」と、私は怒鳴った。「こいつは銃を持ってる。隣の別荘に走って助けを呼んでくれ！」

　使い古されているが、必ずと言っていいほどうまくいく手だった。なぜなら、相手にはそれがトリックだと見破る余裕がないからだ。トレヴォートンにもその余裕はまったくなく、思わず振り返った。

　それで充分だった。半歩前に踏み出した時点で飛びかかる準備はできていた。銃を持っている手めがけて飛びかかり、指の力が緩むまで手首を捩《ね》じり上げてリボルバーを床に落とさせた。

　トレヴォートンは私の顔を狙って左のパンチを繰り出したが、振り返りざまなのでバランスを崩し、的を外した。顎に一発こちらがお見舞いしただけで、彼はいとも簡単に崩れ落ちたのだった。

第二十章

ウェインウッドの警察署の前に車を停めたときも、トレヴォートンはまだ気を失ったままだった。途中で意識を取り戻して暴れられては困るので、後部座席に手錠でつないでおいた。少し経って独房で目覚めたトレヴォートンは当初、別荘で告白したことをふてぶてしく否認していたが、やがて私が撮った写真のことを思い出し、観念して話し始めた。

自白を書き留めたものをあとからライリーが見せてくれたのだが、私が聞いた内容とほぼ同じだった。

「この自白とお前さんが手に入れた証拠があれば」と、ライリーは言った。「検事も簡単に有罪に持ち込めるだろう。ただ、一つだけわからないことがある。やつがトレヴォートンなら、なぜロサンゼルス警察はラムジーの指紋だと特定したんだ」

今度は私が、くたびれた辛抱強い笑みを浮かべる番だった。「あんたが思ってるよりずっと単純な話さ。ロスでひき逃げ事故を起こしたのは、本当にトレヴォートンだったんだ。逮捕された際、やつはスキャンダルを恐れてラムジーと名乗った。おそらく、ラムジーとは金で話をつけたんだろう。だが正直、私も最初、指紋の件にはすっかり騙された。でも、ラムジーはプライベートでもよくトレヴォートンの身代わりになっていたとキンケイドが言っていたのを思い出したんだ。それで考えを百八十度転換し、トレヴォートンがラムジーを装っているのではないかと思った」

ライリーの顔が、やや間の抜けた表情になった。初めからわかりきっていたことだったのに説明を求めてしまったと気づいた顔だ。

「あのとき、やつはトレヴォートンの身元確認だと思っていたから、指紋採取に簡単に応じたんだな」と、ライリーは言った。「本来なら、それでトレヴォートンであることが証明されるはずだった。ところが、ロサンゼルス警察の記録に残っていた、エメット・ラムジーの指紋と照合されると知って、墓穴を掘ってしまったと感じたんだろう。だから、ラムジーのふりをするしかなかった。指紋を照合されたら、トレヴォートンとは信じてもらえなくなるからな」

「それだけじゃない、もっとほかにも意味がある。あんたがラムジーについてかなりつかんでいるのを知って、自分がラムジーを東部に呼んだ事実も含め、きっともっと多くのことを突き止めていて、殺害された被害者が替え玉だったと疑い始めるのではないかと不安になった。そこで、あんたが自分をラムジーだと信じているかぎり、本人を殺したことはバレないと考えて、ラムジーの身元保証をしてくれる指紋採取にチャンスとばかりに飛びついたんだ」

「なるほど」ライリーは頷いた。「最初からトレヴォートンがラムジーを殺したと考えれば、すべての謎が解けたかもしれなかったのか。どうりでラムジーがトレヴォートンを殺す動機が見つからなかったわけだ。しかし、教えてくれ、ダヴェンポート。やつが実はトレヴォートンだと疑うようになった決め手は何だったんだ。お前さんは、やつが偽者だという前提で動いていると思っていたんだが」

「確かに初めはそうだった」と、私は認めた。「だが、最初からどうにもしっくりこないものがあった。リンダと話すたびに、あの男は間違いなく自分の夫だ、という彼女の言葉が真実を語っている印象を持ったんだ。頭の確かな女性なら、自分の夫か偽者か見分けられないはずはないから、彼女が単純に間違ったとは考えにくい。

だが私は、横道に逸れてしまった。リンダがあの男を夫だと認めたのは、やつに何かを握られているからだとキンケイドに言われてな。そもそもリンダは女優だ。しかも、かなり実力のある女優だった。やつが夫だという彼女の主張が本当かどうか、もうひとつ自信が持てなかったんだ。しばらくして、ケイティが私に話そうとしていた内容がトレヴォートン殺害についてではなかった可能性に思い至り、ようやく正解に大きく近づいた。しかし、すべての真実を疑い始めたのは、今日の午後リックと話したあと、例の偽の日記について考えたときだ」

「そのことを訊きたかったんだ」ライリーが言葉を挟み、煙草の箱に手を伸ばしてデスク越しに私のほうに手渡した。あの日記が偽物だとどうしてわかった。トレヴォートンの筆跡に間違いなかったんだし、あの時点ではお前さんも私も、トレヴォートンは死んだと思っていたんだぞ」

私は箱から煙草を一本取り出して火をつけ、答えた。

「リックが私にラムジーをトレヴォートンだと言ったとき、初めは継母を救おうとして嘘をついているのだと思った。だが、指紋のことを伝えると心から驚いた様子だったので、少なくともリックは本当のことを語っている、と確信したんだ。そして、トレヴォートンの日記の中に、妻とキンケイドが共謀して自分を殺そうと企んでいると書かれていたことを話すと、リックは急に興奮し、父親は嘘をついていると叫んだ。それで彼が帰ったあと、私はあらためて考え直してみたんだ。日記に書かれていた電話の件が嘘だったことは、われわれにもわかっていた。それに私は、キンケイドが別荘に行ったというのも嘘だと思った。だとすれば、ほかにも嘘があるのかもしれない。

するとと突然、あることを思い出した。ノートを机から持ち上げたとき、その下に埃が積もっていたんだ。つまり、別荘が閉鎖されてからずっとそこにあったのではなく、ごく最近置かれたということだ。キンケイドと私より先に別荘に着いていたのは、ラムジーと思われていたあの男だったのだから、ノートを置いたのがやつだったのは明らかだ。

そのあとは、頭の中ですべてが一気につながっていった。うまく説明するのは難しいが、とにかく言えるのは、日記があの男によって巧妙に用意されたもので、書いた人間の筆跡以外はすべて偽物だったと気がついたとたん――トレヴォートンの筆跡だということは、ラムジー宛ての手紙から、私にでもわかっていたからな――ラムジーを名乗る男はトレヴォートンに違いないと確信した、ってことだ。そうなると、殺されたのがラムジーで、犯人はトレヴォートンだという結論に至るのは簡単だ。

ちなみに執事のウェンドールは、昨日トレヴォートンがリンダに会いに家に行ったとき――おそらく、今はラムジーだと名乗っているので、話を合わせるようリンダに言い含めに行ったのだろう――やつの正体に感づいたんだと思う。リンダが気を失ったときに落とした手紙を拾って読んだウェンドールは、真相に気づいたんだ。少なくともリックはそう考えている。昨夜、ウェンドールはホテルに電話をかけたが私がつかまらず、代わりにリックに電話して父親のことについて何か話そうとした。だが、自分でも疑いを持っていたリックは途中で切ってしまった。リックの考えているとおり、ウェンドールに正体を見破られたことをトレヴォートンが察知したのだと願いたいよ。私が電話でパターソン巡査部長と話すのを薄い壁越しに聞かれ、そのせいでウェンドールが殺されたとは思いたくないからな」

ライリーは椅子の背に寄りかかり、天井に向けて煙草の煙を吐き出した。

「リンダが最初から正体を知っていたのなら」と、彼は言った。「湖で上がった死体が誰だったのか見当がついたはずだ。なにしろ、遺体が発見され夫だと特定されたあとに本人が現れたんだ。少しは疑っただろう。わからないのは、お前さんを排除せずに、なぜ疑念を打ち明けて真相を突き止めてもらおうとしなかったのかってことだ」

「その点ははっきりしないが、だいたいの見当はつく。初めにトレヴォートンは、キンケイドが自分と間違えてラムジーを殺害したのだとでも言って、言うとおりにしなければラムジー殺しでキンケイドを告発する、とリンダを脅したんじゃないかと思う。だからリンダはあんなに懸命に私を追い払おうとしたんだ。キンケイドが自分を愛していて、夫のことを憎んでいたのは知っていたから、トレヴォートンの話が嘘だという確信が持てなかったのかもしれない。私があの手紙を見せてラムジーから手に入れたと告げたときに失神したのは、その瞬間、自分の夫が殺人者だと気づいたからだ。だが、たとえ意識を取り戻してそのことを私に話せたとしても、裏づけはなかった。それどころか、本人がラムジーだと名乗ってしまっていては、トレヴォートンの正体を証明することなど彼女にできはしない。それに、キンケイドに関してトレヴォートンがどんなことを証言するのか不安だったんだろう。トレヴォートンが日記でキンケイドをはめようとした計画は、この最初の脅しがきっかけで思いついたのだ、と私は考えているんだ」

数日後、リンダから話が聞けた際、私の推測が当たっていたことを知った。だがあの手紙を見たあともなお、もし正体を誰かに話したら、トレヴォートンが何らかの方法でキンケイドを事件に引きずり込むのではないかと心配だったのだという。だから逮捕されたときも、事態を悪くするのを恐れて黙っていたらしい。

ライリーの予想どおり、ブルース・トレヴォートンの裁判で、検事は難なく有罪を勝ち取った。私も検察側の証人としてその場にいたのだが、トレヴォートンのためにこれだけは言っておこう。彼はまるで法廷が劇場で、自分がそこで主役を務めているかのように、マスコミや傍聴席の女性たちを惹きつけようと名演技を繰り広げていた。確かにある意味、彼は主役だったと言える。

だが、さすがのトレヴォートンも、死刑を言い渡された瞬間は、名優と呼ぶにふさわしい演技をすることはできなかった。

訳者あとがき

著者アメリア・レイノルズ・ロングは、一九〇四年十一月二十五日、アメリカ、ペンシルバニア州コロンビアに生まれた。六歳のとき、サスケハナ川に臨む州都ハリスバーグに移り住み、生涯をそこで過ごした。本書の舞台にも、その周辺の土地が登場している。

一九三一年にペンシルバニア大学を卒業したロングは、*Omega*（一九三二）、*Reverse Phylogeny*（一九三七）など、数々のSF短編小説を *Weird Tales* をはじめとするパルプ・マガジンに発表するが、当時、女流SF作家はまだ珍しい存在だった。子供の頃からエドガー・アラン・ポオの作品を愛読していたこともあり（ロング自身ポオ作品をテーマにした長編『誰もがポオを読んでいた』〔原題 *Death Looks Down*〕を書いている）、怪奇物を得意とし、パトリック・レイン、エイドリアン・レイノルズ、ピーター・レイノルズ、カスリーン・バディントン・コックスなど、複数のペンネームを使用していた。初期の作品 *The Thought-Monster*（一九三〇）は、*Fiend without a Face*（邦題『顔の無い悪魔』）のタイトルで一九五八年、アーサー・クラブツリー監督によって映画化されている。

一九三九年に書いた *Shakespeare Murders* の成功を機に、四〇年頃からミステリの長編小説に移行し始める。ポオ以来、ミステリ小説に最も貢献した作家としてアガサ・クリスティを敬愛していた彼女は、その影響を色濃く受け、当時人気のあったハードボイルドよりも、典型的な謎解き型の推理小説を好んだ。創意に富んだプロットはもちろん、探偵役となる主人公のキャラクターがしっかりと描かれ、作品の魅力を引き立てているのも特徴と言えるだろう。

一九五〇年代に入ると、ロングは小説執筆に見切りをつけ、教科書編纂に携わる一方、詩作に没頭する。*Shreds and Patches*（一九七四）、*Counterpoint*（一九七五）といった詩集を発表する傍ら、コンテストで審査員を務めたり、若い詩人の指導に当たったりと精力的に活動し、ペンシルバニアおよびニュージャージーの詩作の世界では重鎮と呼べる存在になって、ますますフィクションの執筆からは遠ざかっていった。後年は、ハリスバーグにあるウィリアム・ペン・ミュージアムで学芸員としても働いていた。

The Corpse Came Back
（1950,HARLEQUIN BOOK）

本書『死者はふたたび』（原題 *The Corpse Came Back*）は、ロングがミステリ小説執筆に区切りをつける少し前の一九四九年の作品である。訳出の底本には、一九五〇年刊行の HARLEQUIN BOOK 版のペーパーバックを使用した。ミステリ小説家として脂の乗り切った頃に書かれたと言っても過言ではないだろう。フィラデルフィアで私立探偵を営むダヴェンポートが、死んだはずの夫を名乗る男の調査依頼を受けるところから物語は始まる。その男ははたして本物か、それとも偽者か。元ハリウッド映画俳優を登場させ、演技なのか真実なのか最後まで読者を迷わせるプロット作りは見事と言っていい。一人称で語られるストーリーは、ハードボイルド的要素がちりばめられながらも、本格派推理物として充分に楽しめる作品に仕上がっている。

一九七八年三月二十六日、豊かな文才をさまざまなジャンルで輝かせたロングは、ハリスバーグの自宅で帰らぬ人となった。

本書では、多彩な顔を持つ文筆家ロングの推理小説家としての才能に触れ、その世界を存分に味わっていただきたい。

二〇一七年九月

ロングふたたび

絵夢　恵（幻ミステリ研究家）

1. はじめに

予期に反して、アメリア・レイノルズ・ロングの第二弾『死者はふたたび』が早くも刊行されることになった。これもひとえに前作『誰もがポオを読んでいた』の評判や売れ行きがよかったということであろう。読者の皆様のご慧眼に敬意を表したい。個人的には、ロングは偏愛に値する作家であると思っているが、そこは文字どおり「偏愛」ということで、そのテイストは万人向けとは言いがたい。分厚く密度の濃い本格ものや文学性の強い人間ドラマに馴染んだ現代の読者には、薄っぺらさやご都合主義が鼻について受け入れられない可能性もあると心配していた。幸いにして、とりあえずそのような心配は杞憂に終わったようである。気軽に手に取れて、読んで楽しいということがミステリの本質だと思っている私としては、わが国ミステリ界にもB級エンタテインメントを受け入れる土壌がしっかり根付いたものと信じたい。

2. ロング第二弾選択の妙

ロングについては、前作「誰もがポオを読んでいた」の解説で、「B級アメリカン・ミステリの女王」としてその経歴や作風、貸本系B級アメリカン・ミステリの来歴等について紹介している。あえて繰り返すことはしないので、ぜひそちらをお読みいただきたい（もちろん解説のみならず、「誰もがポオを読んでいた」本体をお読みでない方は、ぜひご一読いただきたい）。

第一弾となった同作は、赤毛の犯罪心理研究家トリローニーと新米推理作家パイパー嬢が探偵役を務める、ポオの小説に見立てた連続殺人劇なのだから、普通は第二弾も同じシリーズキャラクターによる見立て殺人ものが選ばれてしかりであろう。実際、そのような作として、シェイクスピアを題材にした“The Shakespeare Murders”や聖書を題材にした“Murder by Scripture”という格好の作品があり、それぞれ紹介するに値する出来である。それにもかかわらず、ロングの全作品中でもシリーズキャラクターが登場しないハードボイルド風の異色作を第二弾にもってくるとは、さすがは論創社、太っ腹というか大胆というか、意表をついた決断である（笑）。

しかし、逆に言えば、それだけ本作が魅力にあふれた素晴らしい作品ということでもある。私が本書を最初に読んだときには、その英語の分かりやすさに舌を巻いた。一人称で語られるその英文は、ほとんど方言もなく難解な単語もなしで、スピーディーにプロットが進んでいく快感にしばし浸ったものである。様々なうんちくやギミックがぎっしり詰め込まれた前作とは全く味わいが異なり、一つの謎を巡りひたすらシンプルにまとめあげられ、終盤の目まぐるしい逆転劇へとつながっていく。これまた私の大好きなハリー・カーマイケルにたとえれば、「誰もがポオを読んでいた」は「ラスキン・テラスの亡霊」の趣なのに対して、本作は「リモート・コントロール」的な一瞬にして騙される切れ味勝負の逸品ということがいえよう。

本作は、例によってPhoenix社から米版が出たものの、やはりいつものシリーズキャラクターが登場しないことが災いしてか、英版は出ておらず、ロングの数ある作品群の中でひっそりと眠っていたかのような珠玉である。これを掘り出した論創社の選択眼が報われることを期待する。

3．本作について（結論に触れるようなことはありませんので、安心してお読みください。）

本作は、一九四九年刊行の後期作で、ロングの作品は、どちらかというと後期になればなるほど、はずれが増えてくるので（最晩年に名作を量産したハリー・カーマイケルを除けば、多くの作家に同様の傾向が見られるが）、これが最後の輝きといったところであろうか。

湖で二か月前に水死したはずの映画俳優トレヴォートンが突然生還して、自分が死んだ本人だという手紙を妻に送りつける。主人公の私立探偵ダヴェンポートは、本人であるわけがないから化けの皮を剥いでほしいと妻から依頼を受けて現地に着くが、何故か妻は心変わりしていて、生還者は夫に間違いないと言い始める。愛人に財産の大半を遺すという遺書があったことから、妻や子らにはトレヴォートンが死ぬと困る事情があり、トレヴォートンには瓜二つの代役がいたので、この代役がトレヴォートン甦りの真相かとも思われ、主人公の疑惑は深まる。やがてトレヴォートンの愛人が殺され、その死の直前に水死事件は事故ではなく殺人であったと漏らしたことから、死体が発掘されると、その腐敗した死体からは砒素が検出される。果たして誰が、何故殺されたのか、生還者はトレヴォートンなのか、それとも代役なのか、謎が謎を呼ぶうちに、殺人者の足音がひたひたと近づき始める。

テーマ自体は、ディクスン・カーの「曲がった蝶番」を彷彿とさせる。もちろん作品の雰囲気や結末は全く異なるが、この作家のチープな作りの中ではほとんど文句のつけようのない完璧な仕上がりの作品といえる。中心的なプロットの意外性は最後まで維持され、伏線も複雑に張られており、全体を流れる雰囲気もなかなかのものである。殺人の動機を巡る謎と途中で仕掛けられるまやかしのトリックは、どちらもベースは共通しているが、盲点を突くもので、騙される快感を味わうことができる。最後の一行の皮肉さがまたよい。

4. ロング、みたび……

本作を読んで、改めてロングの魅力にはまった方は、ぜひ続刊を求める声を挙げていただきたいものである。この〈論創社海外ミステリ〉は、同じ作家の作品は2冊までは出ても3冊出ることは少ない傾向があるので、読者の皆様の後押しで、壁を突破してほしい。前述のとおり、原点に戻って、連続見立て殺人ものを出すのもよいが、個人的には、ここは論創社に再度冒険してもらって、パトリック・レイン（Patrick Laing）名義の盲人探偵レインものをお目にかけたいところである。

盲人探偵といえば、アーネスト・ブラマ作のマックス・カラドス、「暗闇の鬼ごっこ」（論創社刊）や「指はよく見る」が訳されているベイナード・ケンドリック作のダンカン・マクレーン大尉が有名であるが、作者名と同じこちらのパトリック・レインは心理学者兼犯罪研究家（ロング名義のトリローニーと同じ）。一押しの“Murder from the Mind”は、一九四六年刊行の作品。翻訳される日を夢見て詳細を紹介するのは避けるが、謎あり、スリルあり、怪奇味強し、解決よしの秀作。レインの同僚の心理学者が患者の催眠治療を試みると、突然、患者は過去の殺人の目撃談を語り始める。その後、殺人や奇怪な事件が続発し、患者が何かに憑りつかれたかのように土を掘り返し始めると、そこから掘り出されたのは人骨。そして、盲人のレインに犯人の魔手が迫る……。

また、その前年に発表された“If I Should Murder”も雪の山荘テーマの快作。無実を訴える殺人犯を五分五分の証拠の下に電気椅子送りとした陪審員達が雪に閉ざされた山荘に集まって、何と余興に「自分が人を殺すとしたらどんな手段をとるか」を発表し始める。その直後に、殺人犯が無実であったことが判明し、発表した殺人方法のとおりに、恐怖の7連続殺人が起こる。冒頭の小粋なまやかし、雪の山荘での7連続殺人、不気味な犯行方法、レインの盲目を利用したアリバイ作り、豊富なレッドへリング、意外な犯人、余韻を残す解決と怒濤の進撃で、こちらの方が一般受けするかも。一見、「そして誰もいなくなった」＋「プレード街の殺人」みたいなテーマである。

ロングの解説は今回で引退して、次作が出版されたとしても別の方が解説を書くはずなので（今回も遠慮するつもりが、候補者に逃げられて再登板となった次第）、とりあえず予告編としてイントロを紹介させていただいたが、いかがであろうか。読みたくなってきたでしょう。そのような方は、論創社編集部にぜひリクエストを！

〔著者〕
アメリア・レイノルズ・ロング
1904年、アメリカ、ペンシルバニア州生まれ。1930年代にパルプ雑誌へ短編SFを発表し、やがて長編ミステリの筆も執るようになる。終戦後は量産体勢に入り、精力的な作家活動を展開するようになった。52年発表の“The Round Table Murders”を最後にミステリ作品の執筆は途絶え、以後は作詩と教科書編纂に専念する。78年死去。

〔訳者〕
友田葉子（ともだ・ようこ）
津田塾大学英文学科卒業。非常勤講師として英語教育に携わりながら、2001年、『指先にふれた罪』（DHC）で出版翻訳家としてデビュー。主な訳書に、『極北×13＋1』（柏艪舎）、『ミドル・テンプルの殺人』（論創社）、『ショーペンハウアー　大切な教え』（イースト・プレス）など。

死者《ししゃ》はふたたび
——論創海外ミステリ　194

2017年9月20日　初版第1刷印刷
2017年9月30日　初版第1刷発行

著　者　アメリア・レイノルズ・ロング
訳　者　友田葉子
装　画　佐久間真人
装　丁　宗利淳一
発行所　論　創　社
〒101-0051　東京都千代田区神田神保町2-23　北井ビル
電話　03-3264-5254　振替口座　00160-1-155266

印刷・製本　中央精版印刷
組版　フレックスアート

ISBN978-4-8460-1631-9
落丁・乱丁本はお取り替えいたします